走，去看午夜的太阳

ZOU QUKAN WUYE DE TAIYANG

马孜 著

沈阳出版发行集团
沈阳出版社

图书在版编目（CIP）数据

走，去看午夜的太阳 / 马孜著 . — 沈阳：沈阳出版社，2019.9

ISBN 978-7-5716-0329-8

Ⅰ . ①走… Ⅱ . ①马… Ⅲ . ①游记 – 作品集 – 中国 – 当代 Ⅳ . ① I267.4

中国版本图书馆 CIP 数据核字（2019）第 195025 号

出版发行：沈阳出版发行集团|沈阳出版社
（地址：沈阳市沈河区南翰林路10号 邮编：110011）
网　　址：http://www.sycbs.com
印　　刷：辽宁泰阳广告彩色印刷有限公司
幅面尺寸：165mm × 232mm
印　　张：13
字　　数：170千字
出版时间：2019年9月第1版
印刷时间：2019年9月第1次印刷
责任编辑：沈晓辉　鲁莎莎
装帧设计：杨　雪
责任校对：日　光
责任监印：杨　旭

书　　号：ISBN 978-7-5716-0329-8
定　　价：48.00元

联系电话：024-24112447　024-62564922
E - mail：sy24112447@163.com

目录
catalogue

扶桑行

（日本）

一、东京掠影

不知从何时起，我对在旅行中享受不同环境所折射出的不同的美发生了浓厚的兴趣。在粗犷中体验轮廓包络的抽象美，在细腻中体验丝丝入扣的细节美，在热情周到的服务中体验震撼心灵的人性美，在茫茫雪原、碧海蓝天和高山大河中体验超凡脱俗的自然美，在高楼大厦和乡间村落中体验现代与古朴的融合美。很多年了，我的足迹曾经留在遥远的印度洋、大西洋和太平洋沿岸，加勒比海神奇岛国的绮丽风光已深深地刻在我的记忆中；梦中，我常常流连在曾经令我魂牵梦绕的阿尔卑斯山上蓝天衬托下的白色仙境。

春节是中国人阖家团聚的节日，母亲在哪儿，哪儿就是儿女的家，我的家，随着父母的远行永远扎根在了心灵深处。我把镶嵌着父母照片的精致的小镜框放在行囊中，东渡扶桑，把米奇的家送给米奇。在那里，与儿子米奇会合，开始了我们计划已久的日本之行。

以四海为家的人，生活的轨迹肯定是由一次次与亲人告别和团聚的节点串接而成的。每一次告别都是下一次团聚期待的开始，每一次团聚又充满着新一次告别倒计时的忐忑。游子们浸泡在告别的酸楚和团聚的喜悦的汁液中，痛苦并幸福着。马上就要与日夜思念的孩子团聚了，心中对即将到来的幸福充满着无比温馨的憧憬。

整理好行装，为了在隆冬冰雪覆盖的北海道长途跋涉，我专门准备

了柔软的羽绒服。摄影的家当占据了旅行箱的大部分空间，旅途中就不考虑生活精致的细节了，一切以从简为原则。手提箱和双肩背包静静地放在门前。

晚我一天出发的米奇此刻还在万里之外的实验室忙着，周到的孩子不忘打一个 Morning call 给我。我望着窗外那黎明前黑得让人胆怯的天空，为如何下山有些发愁，尽管习惯独自走南闯北，出门从来独来独往，不麻烦他人接送，可此刻的确有点后悔没让人送一下。打电话叫出租，没有出租车司机愿意把车开到我住的山上。我只有自己壮着胆子拖着行李走到山下，此刻已是晨曦初露时分。很快到达机场，顺利通关登机。因春节期间大都返乡过年，年根儿还往外跑的大都是外籍人，偌大的机舱中只有寥寥几位乘客。

日本虽是中国的近邻，我还是第一次在这个毗邻的岛国登陆。一切都让我感到新鲜。从在东京成田机场踏上日本国土那一刻，我就开始用心去体会这个人口密集的岛国，希望能够找到它比较发达的原因。我东张西望地走着看着，那整洁干净的环境自不必说。机场设施在细节上充

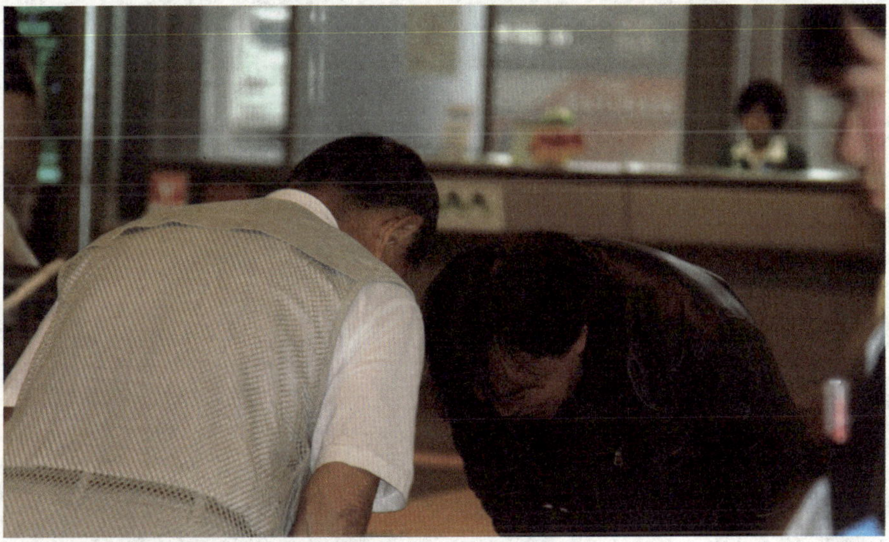

分体现出设计者的独具匠心和建设者的高度艺术修养及责任心。每一条甬道的设计都恰到好处地体现了现代技术与民族风格相结合的理念，同时，既预留了未来长久的发展空间，又不浪费一丝一毫的空间及材料资源，在此基础上，把人文关怀功能发挥到极致。

除了每个拐角悬挂的指示标牌和问询处那和蔼可亲的服务员可以解答旅客的任何迷惑，随处可见自动信息查询机的触摸屏幕也可获得任何有关机场的地理信息、航班信息及附近的酒店和旅游信息。所以，即便是初次来此，也绝不会有一丝不便，就像回到自己的家一样。到达大厅非常安静，一切都有条不紊。通过信息查询系统，我可以获得任何有关东京交通、机场航班、酒店服务等所有信息。若在等候转机时希望在周围转转，还可以获得附近旅游景点及交通的信息。

在标牌的指引下，我下到底层，在那里我可以乘坐 10 分钟火车去成田小镇，等候米奇的到达。对任何人来说，卫生间都是每天要光顾数

次的地方，在机场我怀着好奇走进一个卫生间，门不用触摸，接近时即自动打开，很符合卫生精神。里面的马桶是自动加热，自动清洗且具有烘干功能的智能马桶。在国际机场有此先进的卫生间并不奇怪，但在以后接下来的日子里，我发现在日本这样的设施是极为普遍的，即便在北海道偏僻的乡间小站的卫生间也是如此。从公共卫生间的设施及保持的状况，足以透视出一个国家文明的程度。车上的人们很安静，面目表情也十分和善。酒店的服务生小姑娘笑得真诚，我刚下飞机时还有点儿不适。午饭没吃，此刻已是饥肠辘辘，其他餐厅没有开业，我在酒店底层发现了一个快餐厅，很原生态，让人感觉舒服，禁不住食欲大开。服务员是位清秀的小男孩，看上去比米奇还年轻吧，虽不懂英文，但也能明白我的意思。套餐很简约，一份没饱，我居然一口气吃了两份，花了大约 3000 日元。

第二天清晨，我优哉优哉地回到成田机场一号航站楼接机口。在等待米奇的时间里，我兴趣盎然地观察着林林总总不同种族的人们团聚时的习惯性礼节。在这里最大众化的礼节自然要数鞠躬了。日本绅士鞠躬时动作果决刚毅，分解动作界限分明；女士鞠躬动作柔和温婉，可带来春风送暖的温馨；欧洲人的见面礼大都是松缓有度的绅士型拥抱；北美人的拥抱更为热烈忘情；中东人的见面礼节比较复杂，有贴面礼，贴面时左右有序，规范明确，绝不碰撞。日本式的鞠躬的角度可能是根据双方的身份而定吧？

米奇在我翘首瞭望时突然出现在我的面前，喜悦中，给了我一个最绅士的欧洲式母子拥抱。米奇是个优秀的世界公民，不论到哪儿都如身处故乡一样。见到他，我立刻进入老妈的角色，我的眼睛不再东张西望地搜寻各类信息，只是盯着英俊的儿子看个不停。在米奇的带领下，我们来到东京市区，在那里小住一宿，然后由羽田机场直飞北海道的边缘女满别。

一路上，我随意拍下无数街景，各种信息表明，真正的日本与我心目中的日本别无两样，快餐店的标牌似乎散发着大酱汤的气味，到处可以看到“祭”字。与汉语不同的是，“祭”字的含义在日语中并不仅仅是祭拜亡者，还有庆祝、纪念的意思，纪念逝去的一切。

日本式的门本来就不大，门前却总是遮挡着形形色色的门帘，通过门帘可以分辨出门里经营的是什么业务。

由于日本是一个地震多发的国家，所以高层建筑不太多，但在各个楼层都设有避难所，这是我在所居住的酒店房间门口拍的避难所照片。我很好奇，里面是什么样子，平日里备不备吃喝？

去附近超市逛逛，看到精致的日本人把一个萝卜剖开几段，不同的位置不同的价钱。山药被洗得干干净净，人们看着就想买。海产品带着配料，喜欢吃生食的日本人买回家即可入口了。当然，海产品一定足够

新鲜，每天晚上没卖完的商品第二天不会再卖给顾客。不用灯光照射，那肉的颜色是新鲜无比的；速冻的海产品也是琳琅满目。

表弟在日本生活已经二十年有余，跟他小时候的事情至今历历在目。他出生时，顽童时代的我，怀着目睹智能娃娃的好奇心赖在姨妈家不走，至今我仍能记起他出生不久的模样。听说我们到来，热情的表弟要 5 点钟起来，驱车由千叶县赶到成田机场接我们。姐姐毕竟是姐姐，我舍不得他太辛苦，请他在我们安顿下来后在酒店见面。米奇专为表舅准备了

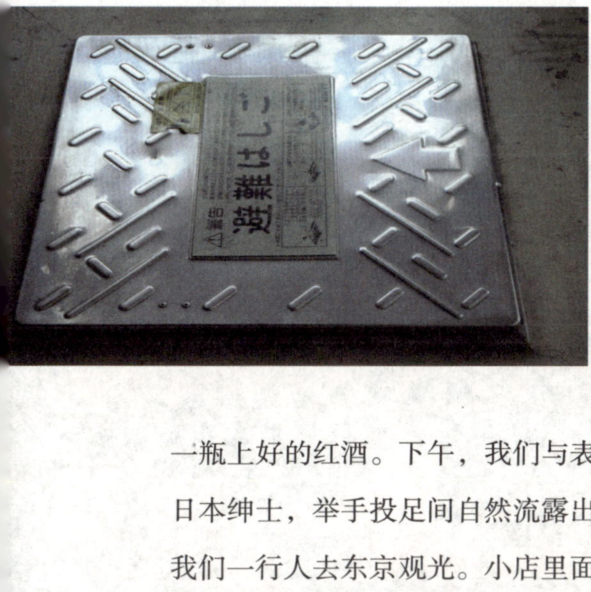

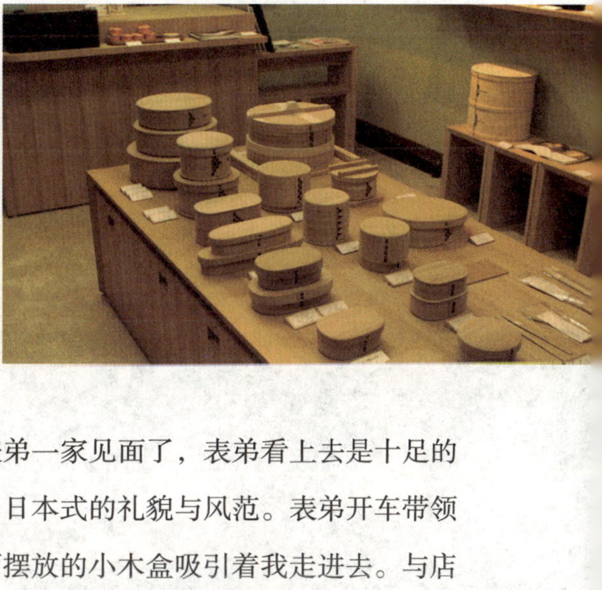

一瓶上好的红酒。下午，我们与表弟一家见面了，表弟看上去是十足的日本绅士，举手投足间自然流露出日本式的礼貌与风范。表弟开车带领我们一行人去东京观光。小店里面摆放的小木盒吸引着我走进去。与店主打过招呼，获得允许后，我拍下了这样的手工制作的小木盒，完全的日本风格的木质器皿。我想，那大的木盒是用来盛米饭的吧？既保温，又可以将木香渗透其中。

夜色中，我们来到金龙山浅草寺，那雷门上有巨大的红灯笼，著名的雷门吸引着各国游客聚集于此，希望能够沾些这里的仙气。寺中佛祖的幽灵肯定在抱怨弟子们那与日俱增的经济脑瓜，居然容俗人们在此喧嚣，使佛祖不得不加班加点打发许愿者早点回家。白天拍这里效果肯定

一般，有佛光普照乃我一大幸事，也许白天来这里将是另一番景象吧。我相信，在隆冬时节，这夜中灯影下的神庙的景观肯定比白昼下的真容更加迷人。

在柔和的灯光照射下，攒动的人头涌向神庙中心。人们排起长队，祈求保佑信徒们各自不同的心愿得以实现。巨大草鞋的后面藏着什么样的故事呢？它高悬在寺庙的大门两侧，在祈求着神保佑这山村的众生一切安好吧？久远以前，漆黑的大门里面发生过什么温婉的、惨烈的、悲情的、狂喜的故事呢？

和服其实也很有味道，我甚至也打算储备一套作为家居休闲服，但若按习惯迈起步来大步流星，摔跤的后果是不堪设想的。于是放弃此念头，但还是禁不住淑女味道的诱惑，在和服模特前迟迟不愿离去。我坚信，那衣服穿在我身上，再配一木屐，肯定是标准日本淑女。在日后的

旅行中，我多次尝到了穿和服踱小步、一溜小跑的滋味。

玩儿累了天也很晚了，我们一行人走进东京一家很有名气的寿司店。很久以前，表弟见到米奇时，米奇还是个顽童，如今米奇已长成大人。他们在一起共进晚餐还是第一次。那一晚，我们不知吃掉了多少盘地道的美味寿司。

二、大地尽头

没有借助任何旅游公司的帮助，我们根据自己的计划，由东京开始了为期两周的自由自在的旅行。清晨，我们赶往羽田机场，搭乘北海道航空的飞机直奔日本岛的尽头——女满别。“女满别”来自北海道只有语言没有文字的土著居民“阿伊努人”，意思是“有泉的河川”。女满别行政区有近三分之一被网走湖占据。网走湖位于北纬 44 度，在那里可以眺望俄罗斯鄂霍次克沿岸，那里是大海冻结的南限。我们计划在日本岛的尽头乘坐流冰观光破冰船“极光号”去领略那西沉鄂霍次克海的夕阳和流冰那惊心动魄的奇观。真的抵达那里，我们感觉已经走到了大地的尽头。

“女满别”这个绕嘴的名，我费了好大的劲儿才将它牢牢记住。

就要飞往白雪皑皑的北海道了，羽田机场的候机厅却是春光无限。问讯处与纪念品销售柜紧密相连，算得上是琳琅满目。不论天气多冷，女学生都是同样的装束，即便在银装素裹的北海道也是如此，短裙长袜，裸露着双腿。是在训练耐寒能力，还是在培养民族精神？其实这几个女生就是去北海道旅行，而男生则个个穿得很暖。

網走監獄
網走監獄
13Km

女满别小空港不乏温馨感，那里小得只容得下一架飞机起落。一会儿工夫，下机的乘客就各奔东西，大厅变得无比空旷。我们乘坐的去破冰船码头的客车离开小空港，向海边驶去。拐弯处，看到网走监狱的指南标牌，这是一处可以参观的博物馆，过去日本的罪犯们被流放到此，因为那时他们无论如何也无法逃出这冰雪世界。

海鸟在清冷的空中俯视着好奇的人们，不时发出高亢的鸣叫。也许窥见了浮出水面呼吸的鱼，水鸟开始俯冲。在这里，水鸟是受保护的宠儿，个个滋养得羽毛泛着营养过剩的光芒。远处，一只秃鹫蹲在冰雪覆盖的石墙上等着什么鸟。一队天鹅在那里起飞，飞向陆地，寻找着稍微温暖的栖息地。不惧寒冷的天鹅优哉地在冰水中游着，流冰在蔚蓝冰冷的海水中变换着姿态。米奇告诉我，若沦陷在那浮冰上，一定要保持匍匐的姿势等待援助，我想，既然如此就别等了，祈祷吧。在流冰的簇拥

下航行真是别有一番滋味。追逐破冰船已经成了肥硕的海鸟每天的必修课，与遥远的雪山交相辉映，更显出动人心魄别具特色的壮美。

船靠岸了。意犹未尽的我们离开了码头。尽管拖着行李，却仍然一步一回头地望着大地的尽头，联想着冰海上的小岛，还有屹立在浮冰上孤独的秃鹫。

酒店问询处看起来很迷你，桌上摆着消毒液，我不由自主地在手上喷一喷。

房间内温暖如春，这是一套和式与西式混搭的套房，旁边洁白的挂帘内安放着舒适柔软的床。既然来到这里，谁能放弃享受榻榻米的大好机会呢？柜中整齐地叠放着多套散发着淡淡清香的和式浴袍，一套3件：内袍、外套，还有很长的柔软的丝带。我们迫不及待地沐浴更衣，换上向往已久的和式服装。我照照镜子，很地道的日本淑女诞生了。只是在榻榻米上，淑女应该是跪姿吧。我试了一下，后悔没提早练练瑜伽，这会儿就能很正宗地跪稳喝茶了。于是只能把腿深入桌下，不伦不类的

假淑女露出了本来面目。服务员会在我们不在房间时来此，在榻榻米上铺好干净松软的夜床。

这里的温泉很地道。我们兴冲冲地身穿和服，手提相机，各处走走，侦察好地形后，再决定作战方案。相机的功能也就能发挥到此吧。粉帘上写着“姬汤”，蓝帘上写着“殿汤”，寓意不言而喻。过去，对洗温泉我很不以为然。记得刚刚回国时，有朋友请我洗澡，当时还真把我吓了一跳。后来有了进步。前年学校期末招待我们去洗温泉休息，我尽兴游泳后，雪花飘舞的室外和热气腾腾的温泉着实诱惑了我，反正身着泳装，大池换小池而已，我奋不顾身地投身到已经泡了很多老教授的热汤中，仅几分钟工夫，我刚醒过神来，那一池的老先生们便消失得无影无踪了。而我呢，本着既来之则安之的原则，伸直了游得已经很疲倦的身躯，在白色雪花的陪伴下，在热气蒸腾的汤中淋漓尽致地泡了起来。总

结起来就一个字——爽。从那时起，我对温泉开始情有独钟。火山口上的日本温泉是闻名世界的，我怀着初次体验的激动钻进挂着粉色帘子的房间。

终日奔波后我好似一只累蒙饿急的狼，迫不及待地进入热气弥漫的汤中，闭目养起神来，忘了观察思考的神圣责任，泡着汤还惦记着接下来的美味。北海道鲜美无比的海味、日式著名的“怀石料理”搅得我心神不定，居然没有光顾露天风景就匆匆从“姬汤”中钻了出来。好似出水芙蓉般美好的假淑女忘记了含蓄，到餐厅一股脑儿地把美味倒入胃中，回到房间倒头便睡。真是很累了。还好，我们的旅行计划还有 3 次类似的温泉休养，我痛下决心下次一定记下有关细节。

清晨，由窗口望开去，好一派雪原风光！网走湖，我已经深深爱上了你，我一定在冰消雪化、万物复苏、鲜花盛开的季节再来看你。

三、心灵回归

我一直希望能够找到纯真纯美的乐园，让自己疲惫的精神得以舒缓，这次我如愿以偿。我怀着无限的眷恋，离开美丽的网走湖，回眸望去，那挂满霜雪玉树临风的树影定格在我心中属于网走的空间里。

沿着林中雪路，酒店的车载着我们向车站驶去。雪原中的小站外没有人迹，空旷是这块土地的专利。若向往清净，只要来此，绝对包您满意。站外冰天雪地，站内花朵飘香，一片生机，对于任何来者，都像是久违的家。本地特色的便当（盒饭）丰富多彩，只要一看，食欲会立即大增，价钱并不太贵，尽管吃好啦！看着电视候车，间或翻翻旅游指南，

为下一步的旅程寻找更加完美的方案。

我大失所望，盼来的竟是这样一辆破火车。即便在国内的偏远地区也很难看到这么原始的列车。无奈中，我们搬着行李上了破火车。

列车通往知床斜里，我们的目标是位于北海道东部知床半岛的著名的国家公园，那是日本一个最美丽而且未被损坏的国家公园。半岛四分之三的地方没有道路，其北端只能从小船上观看或者徒步旅行几日才能到达。半岛上栖息着多种野生动物，包括棕熊、鹿和狐狸。在隆冬大雪封山的季节，很少有游客去那里观光。向往着呼吸纯净清新的空气，感受淳朴的民风，我们特意选择冬天去那里赏雪，沿鄂霍次克海的海岸去那里的途中再次观赏海上浮冰。

当迈上所谓的破火车，马上就被别样的温馨包围，刹那间，如同顽童走进乐园般的喜悦弥漫了我的整个身心。其实，即便是成年人也会在内心深处充满童真，可爱的玩具，使纯真的本色回归到我的身上。

筐里装着北海道特产的各类鱼干，买一包撕开，再由架子上拿下锡箔纸垫在火炉上烤一下，扑鼻的香气会使人欲罢不能地一条条地撕着鱼干送入嘴中。

火炉的燃料和各种烧火工具规规矩矩地放在那里，唯一的列车员时不时过来加煤。列车中荡漾着原生态的温暖，这种久违的温暖的源头要追溯到久远之前才能星星点点地搭上边界。

唯一的列车员在忠于职守地报站及开门关门，我很为他的敬业精神感动。

车厢中的木椅子及车厢顶部那老式的灯罩让我感到时光倒流，回到了久远的纯朴的世界，我的年纪还不足以经历那个世界，头脑中对那久远以前的世界的印象仅仅局限在文学作品的描述中、在文物中、在博物馆中，那里留给我记忆的碎片此刻得到了圆满的拼合。哦，原来这样的世界多么安定和美好，让人留恋。感谢这破火车，使我的灵魂在回归自然中得到了短暂的享受和休息，这不就是我长久以来一直在寻找的纯真纯美的环境吗？原来，她真正地存在着。此刻，若给我选择的机会，我会毫不犹豫地放弃已经拥有的一切，投身到这轻松干净的世界中，永不回头。

窗外泊在雪中的船，标志着我们的火车将沿着冰海行驶了。到了春天，浮冰散去，蔚蓝的海，岸边绿色的原野开满紫色的薰衣草，还有黄色的野花，我想象着那时的美好，有些陶醉了。列车员兼卖旅游简报，

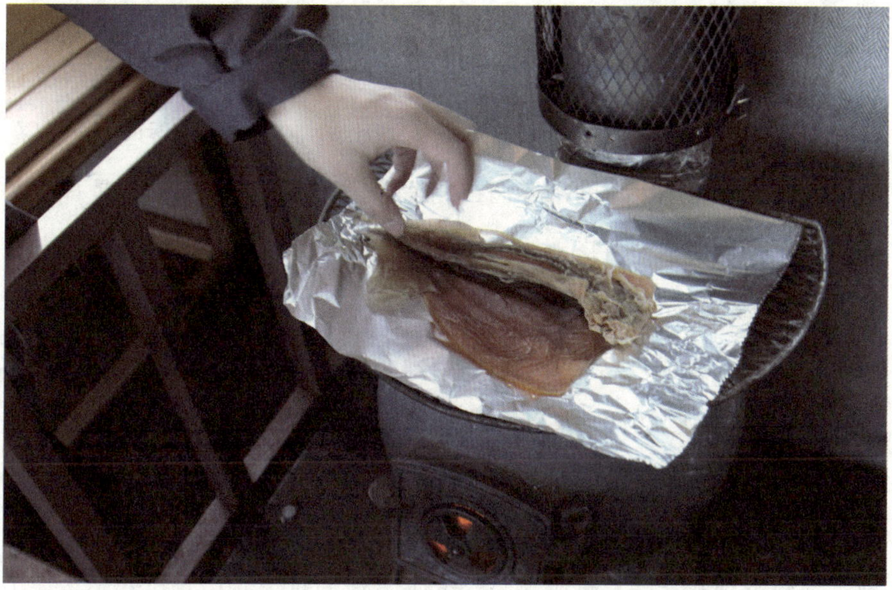

小伙的敬业精神让我感动，仅几节车、有数的几名乘客，走一遍就可以完成他的工作，可他却至始自终来回走着说着。这就是日本民族的一种精神，看似柔弱的身躯，却蕴藏着执着铸就的强大。列车紧挨着海行驶着，在车厢里，我甚至感到是在乘船旅行。

车厢中的摆设可以看出乘务员用心良苦，墙角堆放着打鱼人使用的浮漂，加上网袋，恰到好处地装饰了列车，使人感到能够呼吸到大海的气息。这美，来自淳朴的灵魂。司机的工作间只占据车厢前部的一半，游客们可以站在司机旁边分享前面开阔的视野。列车向山里行进着。车厢地板干净得可以和拥有勤劳主妇家庭的地板媲美。细小的环节方可显出日本民族的细腻：动物的小脚印，一则可以使游客意识到山中动物的种类，也可以明确在狭小的车厢中行走的规则。这是实用性和艺术性多么完美的结合呀！

我们终于到达了本次列车的终点站，怀着依依不舍之情告别了这美好天成的列车。接下来，我们要搭乘近一个小时的汽车才能到达今夜宿营的村落。

车站上只有一位候车的女乘客，安静整洁，彬彬有礼。她身边没有行李，说明她是北海道深处的日本女人。小站一来一往的吞吐量可以在这里一目了然。破火车的乘客们在此挥别，从情形分析，大都是日本本土的观光客。到达即将搭乘的汽车站，正值旅游淡季，这里的车经常空着，按时往返于协里与偏远的小镇。今天的运气很好，车站迎来了我们。候车室散发着木香的原生态座椅及地板，照例被工作人员擦拭得一尘不染。我从内心中欣赏日本民族的井井有条、一丝不苟、干净整洁的本性，那是文明的体现。在几乎所有车站码头的旅游景点，都可以找到纪念戳，这里的一个大桦树墩上，摆放着我正在寻找的东西。一路上每到一处我都会把纪念戳盖在随身携带的日记本上。离开日本时，我一共盖了三十多个形态各异的纪念戳。对于旅行者，每到一处都可以把行囊存放在车站的储藏箱中，投进一些币子就可以了。

在汽车上，我观望着那至今无人践踏过的雪地，感到一切如愿，我进到了向往已久的荒无人烟的腹地。我们沿着冰河，继续欣赏着百看不厌的浮冰，与之前看到的流冰略有不同，这里的流冰密集地挤压在一起，形成了表面粗糙的白色海面。到了夏季，热闹和喧嚣会回到这里。我们怀着感恩之情，尽情欣赏这白色纯净、安宁寂静的人间仙境。

汽车到达终点，放下我们就空着返回了斜里。此时正值中午，车站接完送我们的汽车，办公人员就关灯下班了。我们孤零零地在小站里到处寻找有用的信息，至少要清楚何去何从呀！奇怪的是，我仍然保持观察欣赏吸收的老一套，并没有任何慌乱与不安。这插花多有创意；那红色的果子与大自然白色的世界交相辉映，显现出蕴藏在安宁中的激情；垃圾处理得多么有条不紊，能重复使用的任何材料都要妥善回收，这需要具有较高素质的人们密切配合才行。分门别类的垃圾回收箱，照例是一尘不染，没有丝毫不良气味，这里可是一个十二分偏僻的小山村啊。

走出小站，抬头望望周围，以决定走向。将行李扔在车站，我和米

奇在空无一人的街道上溜达。这里空气清新，站在白雪覆盖的街上，我们东看看西望望，希望能够有行人走过，最后，不得已向唯一开着门的小超市走去。这是唯一一家超市，看情形应该是应有尽有。果然，新鲜的水果、青菜应有尽有。质量与东京没有差别，在新鲜程度上还要高出一筹呢。一般标着本地产的商品价格要贵一些，中国进口商品是最便宜的，只是中国造的食品基本无人问津，那里的居民以本地产品为

骄傲。市场里除了一名售货员，只有一位顾客，她们听不懂英文，但知道我们要进驻的温泉酒店，于是热情地为我们打电话与酒店取得了联系。10 分钟后，酒店派的车到了。那个快乐的司机居然把轮胎的防护罩都开掉了。

四、纯色知床

白雪覆盖着无垠的大地，在哈气成冰的天气中，多姿多彩的雪花在阳光的照耀下并不融化，而是闪着倔强的光亮，阴暗相间中，这强弱分明的雪光与各式景物自然天成，具有三维效果。这大自然的杰作经常出

现在我多彩的梦中，当身处其境，我仍怀疑这是在梦中。

造型奇特的松，歪戴着一顶时尚的白色面包帽，在白色的世界里，在阳光的照耀下显现出超凡脱俗的美。那分明是蓝天下冰凉的雪棉花呀。不知名的小树羞答答地躲在蘑菇帽下，在冬眠中安稳地做着白日梦，枯枝在白雪的滋润下，期待着春光到来时投身百花争艳的盛会，具有个性

的樱花树抖落雪衣，在银山白雪的怀抱中展示着个性的魅力，享受着大自然赋予的关怀。

汽车走在雪地上，响起吱吱声，好似雪在重压下也会痛。龇牙咧嘴的冰并没给雪帽带来流苏的艺术效果，却把本是美好的雪帽拉扯得支离破碎。

寻找许久，才由这雪铲闻到了主人的气息。这里的主人怕是要等到冰消雪化的季节才会回来吧？

这情景一点都不幽默，汽车在雪的强行拥抱中瑟瑟发抖。

北海道接受了较多的西方文化，纯粹西式的民宅在此并不稀罕，我想象着小屋中壁炉里暖融融的红色火苗，在这大地沉睡的季节，主人在壁炉旁的摇摇椅上惬意地喝着热茶，翻看着小说，旁边的狗眯着眼睛打着瞌睡。在街上总算见到了一个人，那是在维修街道边上的公共温泉足浴馆，他们称之为“足汤”。我走近向里张望，池中动态地流淌着地下涌出的热泉，冒着热气，周围是原生态的木凳。我真想试一下，但想到酒店等着我的人规模的露天大浴场，便放弃此念。

遇见一条孤独可爱的狗，它看见了我就像见到了久违的亲人，先是匍匐在地上伸开身体，这是狗们撒娇时的最高行为，然后站立，跟我拉

手，跳着转圈，让我不忍离它而去。

街上随处可见的砂箱，用来提供给在冰雪中沦陷的司机增加轮子摩擦力的砂子。

我和米奇在空旷的街上溜达，直到黄昏。进入空荡荡的酒店，偌大酒店除了我们还没有发现其他客人。进入日式客房，依然是舒适干净的榻榻米和飘着清香的和式浴袍。经过空旷的走廊，进入空无一人的大浴场，在具有舒筋活血功能的温泉中，一天的劳顿烟消云散。浴后，我们神清气爽地坐到空旷的餐厅。

服务员已经为我们准备好晚餐，别小看碟中那 3 块肉，那是正宗的北海道牛肉，听说经过按摩，牛身上的肥肉与瘦肉混为一体。将牛肉放在旁边小火炉上烤至八分熟，蘸着调味汁放入口中，其鲜嫩美妙无以言表。我们用餐期间，身穿和服迈着碎步的服务员周到地为我们端茶送水。我不断用日本礼貌用语向她们表达谢意。因过于专心享用美味，常常把礼貌用语说得早晚颠倒，引来米奇和日本小姑娘善意的大笑。

清晨，米奇在大堂利用无线网对我们下一个宿营地进行确认。和儿子一起旅游真好，我可以心安理得地充当甩手掌柜。享用完日式早餐，

出发的时间到了，这里是新一天旅行的起点。酒店经理和接待员用日本礼节向我们告别。回头望去，向纯色的知床告别。

五、富良野记

在鲜花盛开的季节里，开满薰衣草的富良野原野可以和驰名世界的法国普罗旺斯相媲美。在日本海拔最高的北峰，在花季的山坡上，蓝天下由各种颜色的鲜花组成的彩虹般艳丽的花带，使人深深陶醉。在大雪覆盖的冬季，同是那个山坡，却已经是日本最著名的滑雪场了，虽然这滑雪场不能与阿尔卑斯山上那陡峭惊险的滑雪胜地相提并论，但却完全适合温文尔雅的日本滑雪者在此大展拳脚。我们经过长途跋涉来到了向往已久的富良野。

走下列车，第一眼就见到了富良野标志性玩偶，使人自然联想这个地区与农夫有很大关系。

我们住在北峰脚下，酒店专为滑雪者服务，物品储藏间只有一位小姑娘负责接待，那柔弱的身躯要搬动沉重的行李。在北海道妇女从事繁重体力劳动的现象十分普遍，而男人却心安理得地做些体面的工作。我发誓，若来生仍是女人，也绝不做北海道女人。

日本儿童就是淘气也比欧美儿童斯文，初学的儿童们小心谨慎地在雪地上学习基本步伐。

北峰脚下远眺，这里的雪比网走和之床都柔和，很薄，黄昏中的景色美得比较含蓄。

又要出发了。上车前，米奇向我讲述昨天他独自到达的地方。他到了滑雪场最高最险的地带，感觉和欧洲及北美的滑雪场相比，这里实在是太小儿科了。但是一到夏天，富良野滑雪场的山坡上开满紫色薰衣草花，这应该是独一无二的。

六、地狱天堂

在北海道茫茫的雪原中，在与大自然融合的愉悦中，迎来了2011年中国的春节。米奇早就预约好闻名世界的温泉王国登别地狱谷中的最古老的温泉酒店，预约了融日本美味和传统礼节为一体的“怀石料理”作为我们的年夜饭。长久以来，尽管走南闯北四海为家已经成为我们生活的主旋律，但仍然陶醉于一些传统的民族习惯。旅途中没有条件按部就班地进行传统的拜年以及放鞭炮、发红包之类的有趣习俗，只能在年夜到来之前，依照国内的习惯换上崭新的袜子踩新年，祈求来年好运。当我们带着猎奇的孩童心态，踏上了心目中鬼魂出没的山谷，迎接我们的是一尊巨大无比、面目丑陋、手持狼牙棒的鬼怪塑像，怀着无奈的虔诚，我认真地对它拜了一拜，心里咕哝着：“哥们儿，俺不敢嫌你丑，今年俺不拜咱中国灶王爷了，请给我全家好运吧！”

米奇在手持狼牙棒的两个大鬼守候的地狱之门前站定，我那台旧的单反相机只能容下半幅画面，好不容易才把红蓝两鬼装在里面，按了快门，急忙招呼儿子快点离开那里，实在有点瘆人。地狱谷是位于日本北海道登别市的一个火山口遗迹，邻近洞爷湖，大约在一万年前形成，直径大约450米的地方依然在喷白烟。此地寸草不生，又有强烈的硫黄味，完全是一幅地狱景象，“登别地狱谷”故此得名。地狱谷喷水孔发出如怒吼般热腾腾的烟雾，仿佛置身在浴火的地狱之中，更有一些无名细小的出水孔，以涓涓细流如泣如诉，像是来自地底的哭泣声。据当地人介绍，如果给地狱谷捂上一顶“帽子”，不让它滚烫的温泉涌流出来的话，只需一年，就能够积聚起火山大喷发的能量。因此，应该为这山体处处冒烟的景象庆幸，它释放了巨大的能量，使得地狱谷平安了差不多一万年。地狱谷每个吞云吐雾的喷口都有名字，有的叫“女孩地狱”，如果真有这样的地狱，怕是小伙子们都要心向往之了；还有的叫“铁炮地狱”，据说，以前这喷口喷吐热气时，伴以嘭嘭的巨响，有如炮声，故有此名。还有人说，地狱谷从前的恐怖感更甚，整个谷口轰响着地底的怒吼，烟雾腾腾，仿佛地狱之火随时可以窜出。怀着几分恐惧，站在地狱谷中，呼吸着浓重的硫黄味儿，认真体验着一万多年前火山爆发时无数生灵在火红岩浆中惨遭涂炭的惨剧。地狱谷底，有一座为如来修建的庙宇，人们把灾害遗址出现的抚慰人类健康的甘露归功于药师佛。在寸草不生的谷底中，到处可见感谢如来的小石碑，受益于温泉的人们诚惶诚恐地感谢着神的眷顾。

那蒸腾的热气年复一年无休止地喷发着，以此释放着集聚在地壳深处的巨大的能量。喷发出的充满硫黄的热泉形成淡黄的冒着热气的小溪，白雪覆盖在焦黑的木炭上面，固执地不肯融化。这里到处立着感恩的碑，以祈求神灵给他们的子孙们带来更多的福利。

在地狱谷边缘生长着生命力极强的植物，我把它命名为地狱之花。这些不知名的小花，不论春夏秋冬都会在微风中摇曳，抚慰着地狱谷底万年前的幽灵。别看地狱谷寸草不生，流出的泉水正是具有特殊疗效的温泉，出水量每分钟高达3000立升。“登别地狱谷”为登别最大之泉源。依地点不同，涌出之源泉水质亦不相同，可达11种之多。海拔200米左右的登别，是原始森林环抱的温泉疗养地，其水质优良，已被列为世界珍稀温泉之一，不仅对高血压、皮肤病、神经衰弱等很有疗效，而且泉水所含元素非常丰富，温度适宜，45℃~92℃不等，就算没有病痛，在温泉水中一浸，也能令人疲倦全消。在这里，不仅能欣赏洞爷湖的湖光山色，更能享受到如天堂般的温泉疗养。

在登别的小公园，就有一个时不时发出轰鸣的间歇泉，在我们居住的房间向下望去，发现有一条通向神社的小径。我们走进那里想看个究竟，在此求神指点迷津，结果抽得下下签，不得不把那签挂在神社院里的树上，以求神化解灾难。在登别，鬼好像是吉祥物，看惯了倒生出几分可爱。在那里好像任何事物都与鬼脱不了干系。

这里的一切都与泉有关，到处都是很日本化的铺子，我竭尽全力把它与年三十儿联系起来——过年好，到头来还是“阿力嘎豆故德一嘛斯”。无病消灾佛脚下涌出一眼白色的泉，刚刚有几个人开车用大罐子拉走好多泉水呢，看来这泉可不一般。宝贵的无病消灾泉就这样流掉了。只是这里的气味太难闻了，有点像硫化氢的臭鸡蛋味儿。这家小汤馆大概就是经营的那种无病消灾的汤吧？

在具有 150 多年历史的本地最有名望的汤馆里，我们度过了春节。汤馆大堂供奉着一盘新鲜水果、一盘新鲜蔬菜、一盘米、一盘糖、一个小炉子，这汤馆老祖先啥也不缺啦。

我们的房间很舒适，坐不惯榻榻米可以坐在沙发上。拉上门，外面是正式的起居室了！

我们还没到，服务员就已经准备好茶点。

吃完茶点我们就急不可耐地去大浴场泡汤了，那里有 7 种汤，包括具有美肤功能的美人汤，软化血管、改善造血机能和抑制焦虑的万能汤，治疗消化不良、恢复疲劳的鬼汤，治疗动脉硬化、慢性皮肤病的汤，舒筋活血的热汤……但时间短了可不管用。在那五花八门的汤中，我觉得自己得到了脱胎换骨般的重生。若不是要赶回房间吃年夜饭，我也许会在改善睡眠的汤中睡到天亮。

当我轻轻拉开房门，米奇还没回来，一位典型的日本妇女就像在她自己家中那样为我们摆着餐桌。我和她一样有礼貌地打着招呼，因为语言关系，更多的就没法交流了。

怀石料理，最早是从京都的寺庙中传出来，有一批修行中的僧人，在戒规下清心少食，吃得十分简单清淡，但却有些饥饿难耐，于是想到将温暖的石头抱在怀中，以抵挡些许饥饿感，因此有了“怀石”的名称。演变到后来，怀石料理将最初的简单清淡、追求食物原味精髓的精神传

了下来，发展出一套精致讲究的用餐规矩，从器皿到摆盘，都充满禅意。新一代的创意怀石，延续原味烹调的精神，却打破了过于讲究的传统怀石作风。首先，在出菜顺序上，传统怀石必有的 7 种前菜（7 种繁复做工的小菜）、碗盛（带有汤汁的手工料理）、生鱼片、扬物（油炸食物）、煮物、烧物及食事（饭或汤），一定得按顺序上菜，新派怀石料理则谨守先冷菜再热菜的顺序，不坚持何种料理先出菜，让师傅更能灵活调配菜色。

怀石上菜顺序

1. Sakizuke（先付）：开胃小菜。

2. Hassun（八寸）：以季节性为主题的菜色。通常为一种寿司与几道小菜組合。

3. Mukōzuke（向付）：季节性的生魚片。

4. Takiawase（煮合）：蔬菜、肉、魚、豆腐等食材切小块闷煮。

5. Futamono（盖物）： 有盖的食物，通常为汤，或茶碗蒸。

6. Sakimono（烧物）： 季节性的魚类烧烤。

7. Su-zakana（酢肴）：醋腌制的小菜。

8. Hiyashi-bachi（冷し钵）。

9. Naka-choko（中猪口）：酸味汤。

10. Shiizakana（强肴）：主菜。

11. Gohan（御饭）：以米饭为主要食材的菜。

12. Kō no mono（香の物）：季节性的腌制蔬菜。

13. Tome-wan（止椀）。

14. Mizumono（水物）。

餐后甜点

身穿和服的资深服务员在我们约定的时间前，已经把首批菜摆在房间的餐桌上。我们坐舒坦了就开始按顺序用餐。对于比较年长的服务员跪着服务我还是不适应，不停地道着感谢，反正我也是跪着吃饭，感觉大家都平等了。我认真地享受怀石料理给予我的视觉和味觉冲击，居然忘记为各式菜肴拍照。饭后甜点小冰激凌球的到来告诉我：年夜饭结束了。冰激凌的味道美极啦！感觉就一个字——爽。

我们吃得太饱，就去酒店大堂的“街上”逛逛。要不是灯笼上的日本字，我还真把这儿当成咱国内的庙会了。

在那标志性的大棒槌上，每一层都有小人表演，对于咱这搞机器人

的人来说，这完全是孩子玩的玩意。突然，跳出一大群鬼，围着米奇乱转，估计鬼脸后面十有八九是些小姑娘。

我们抽时间去坐落在登别山里的熊熊牧场，并拜访了那里的居民们，目睹了鸭子短跑队的运动健将们的风采。呼！开跑！米奇押注的戴白围脖的鸭子不负米奇所望冲在前面，最后冲刺，米奇的鸭子获胜，获得了奖品——花手帕一块。在熊熊牧场的山顶极目远望，刚刚下过雪的天空好像仍在昏睡中没有醒来。

松鼠山庄中的主人好像不欢迎我们这些不速之客，躲在闺房中不肯露出据说披着火红外套的富贵模样。动物别墅的主人也在房里舒适地生活着，躲避着陌生人和严寒。松鼠王国的街道，在一片白雪中非常具有个性，风格完全模仿了北欧模式，我都希望搬过来与小动物们为邻了。

登别，在我心目中你是完美的天堂，我一定要再次专程来这里，看望这里令人流连忘返的一切，并用我的镜头和文字记录这里的春夏秋冬的故事。

七、小樽情书

怀着朝圣的虔诚，我们来到小樽。与女满别一样，“小樽”源于阿伊奴语的发音，意为“沙滩中的河流”，早已不见踪影的河流并没有妨碍这朗朗上口的地名延续至今。岩井俊二的作品《情书》淋漓尽致地把北海道雪的奢华和小樽的浪漫推向世人的心灵深处，那高贵无比的浪漫，透过十字街头悦耳的八音盒发出的乐曲，日复一日、年复一年地填充着新的内涵。

小樽的玻璃工业使这个玲珑小镇获得了“灯的故乡”的美誉，来小樽一定要好好看看玻璃工艺，这是小樽的另一种浪漫。蓝色和淡绿色的玻璃工艺品的创作灵感来自海的颜色。在风铃的音乐声中，凉冰冰的玻璃制品更显出爱的灵魂。

浪漫的海洋中，那彩色的记忆不经意间化作我们内心中爱的八音盒优美的旋律。我们的酒店在与火车站连体的大型购物娱乐中心的楼上。进入酒店伊始，浪漫气息即迎面扑来。角落里摆着气球雪娃娃。在酒店楼下，米奇发现了闻名遐迩的八音盒海鸣楼专卖店。对音乐情有独钟的米奇不顾旅途辛劳，在那间专门经营八音盒的小店里与老板请教各类八音盒的特性。老板不厌其烦地拿出她的家珍演示着。回到房间，我们关了灯，欣赏着小樽夜景。

清晨，我们乘着市内观光车，沿着寂静的街道欣赏着蓝白基调的市容。街边的小店还没开张。当小樽运河出现在视野中，我们立刻下车，

沿着运河边那满载浪漫故事的小街走着，很快便融入那脍炙人口的故事的情境中。

蓝白基调的市容，使我想到了著名的巧克力“白色恋人”。

走着走着，我们因为把著名手工作坊硝子馆误认为面馆而哈哈大笑。形形色色的玻璃制品作坊密布在运河两旁，玲珑的街道充满古朴而执着的小樽风格的艺术气息。在这里，我们目睹了玻璃制品的制作过程。小樽让我目瞪口呆的一景是大姑娘拉黄包车。拉黄包车的女人一路欢笑。这就是北海道女人。她们心安理得没有怨言地以柔弱之躯从事着艰苦的职业。

运河边上，美丽的鸭公主的倩影让我过目不忘。那闪亮的羽毛、肥厚的脂肪、嫩黄色的大嘴巴，还有浅红色的鸭蹼，这肯定是鸭王国的美女啦！运河冰冷且清凉透底的水，为鸭们提供了绝佳的生存天堂。鸭子们吃饱了，玩儿累了，卧在白色的地毯上，消耗一下过多脂肪所散发的热量也很惬意。

白い恋人

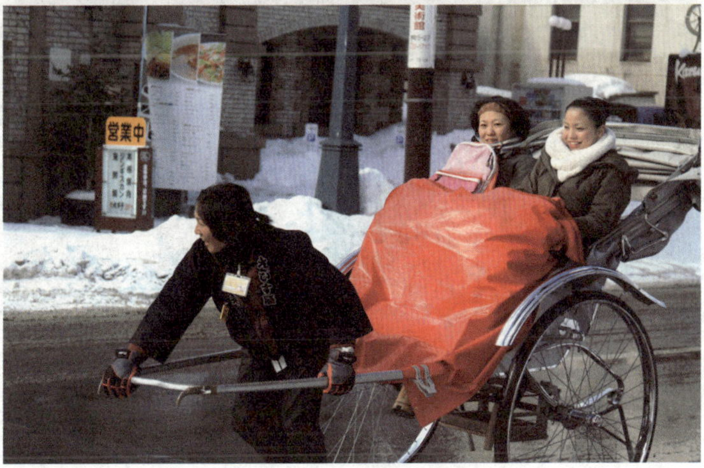
営業中

在一间做蜡的工房，我欣赏了多姿多彩蜡艺术品后，决定坐下来，体会一下亲自制作的感觉。我为儿子做了一支特别的生日蛋糕造型的蜡烛，他把这蜡烛蛋糕带回了牛津，将在下一个生日中点燃它。咖啡厅一角伫立着熊招待的塑像，有很多可爱的蜡烛娃娃，这是谈情说爱的好去处。在多彩的烛光中，浪漫的情怀油然而生。

街头到处可见温馨的情景。店铺前的雪娃娃在向客人们打着招呼。

我被冒着香气的硕大的烤鲜贝吸引，很希望尝尝，选中了十分肥大的一个，放在炭火上，一会儿熟了！老板用剪刀把肉剪碎，倒入调味汁。吃起来，真叫一个鲜啊。北果楼的果子名不虚传，特别是鸡蛋卷——原来是这样做的。

随着八音盒发出的悦耳的音响，我们走进了八音盒博物馆。那里巨大的钟、小巧的手风琴和古老的留声机，都是品质高且价格不菲的八音盒呢。一会儿，博物馆中会有八音盒音乐会。

迎着寒风，我们面对港湾，把这小樽辉煌的另一面记在脑海中。

别了，小樽，我的蓝色恋人。

八、冰光雪影

清楚地记得，小时候冬天外面一定会下雪，每每大地一片洁白，都是我和兄长快活节日的开始。我们头戴毛线帽，身穿“小棉猴”，在门前滚雪球，下面放个大的，上面放个小的，加上鼻子、眼睛就是雪娃娃了。遇上大雪封门，就更使我们激情澎湃地把大雪堆改造成可以钻进去的雪屋子。那久远的冬天，要想通过窗户向外看天，要对着布满美丽冰凌花的窗玻璃哈上好一阵，才会溶出一小块透明的玻璃。我喜欢通过那透明的小块玻璃瞭望雪后的天空那似乎凝固的蔚蓝。这样的情景存留在童年的记忆中。不知从什么时候开始，家乡的冬天不再有白色的雪，即便星星点点地飘落一些雪花，也很快与大气中的尘埃混合化作乌黑的泥。从此，我不再期待冬天，因为那个季节留给我的，除了叫作霾的昏黄天空，清洁的空气不是很多。

带着对蓝天冰雪的眷恋，在北海道的无垠雪原中，我深深祭拜了家乡那逝去的冰光雪影。

有幸的是，我们赶上了一年一度已历经60多年的札幌“冰雪祭”。就在开幕的这一天，我们尽情地享受了在蓝天下冰雪中无以言表的美好，体会了在久违的大雪中经受白色洗礼时的无与伦比的畅快。冰雪节开幕式还没开始，众多的游人已经拥挤而有序地等候在这里。我只能踮起脚向台上望，看到的只有攒动的人头。聪明的我调转镜头拍拍他们，不是也可透视出这开幕式的盛况吗？

有位身材矮小的记者特别敬业，身挎“长枪短炮”，不停地在缝隙

中捕捉新闻的精华。拍完立即发出，肯定是抢了头条。不论专业摄影师还是业余摄影师，他们彼此照应着，互不干扰地做着自己的事情。

“冰雪祭”开幕典礼开始了。

小学生们在老师的带领下跟外国客人索要签名，目的绝不是追星，而是为了锻炼自己交流的能力。

各个城市都在这个场地上献上自己城市的标志性的雪雕。小朋友排队等候,之后由雪滑梯潇洒地飞下来。巨大的小鸡是哪个动画片的主角？家长和老师带着孩子等候乘坐小火车，这不是大头儿子的父母吗？小头爸爸的形象一点没变，米奇是看着大头儿子和小头爸爸长大的。

入选北海道小姐的各市选手不畏严寒站在那里。在北京广场，北京五中的学生们在天坛前表演功夫。站是一棵松，坐是一张弓。红白相间，煞是喜庆。

小朋友玩得真是开心，我都巴不得时光倒流，变成那么小的女孩爬到雪滑梯上去玩一玩。此刻，晴朗的天骤然阴了下来，我期待着暴雪的

到来，体验北海道的暴雪应该是浪漫中的浪漫了。老天爷真的太眷顾于我，想啥来啥。开始，雪下得还算斯文，能够保持良好的姿态。之后，那如拳的大雪团肆无忌惮地砸了下来，但没有动摇堆雪人者的雅兴，他们锲而不舍地为雪娃娃的诞生奋斗着。札幌的居民对于这样的大雪一点都不感到意外，因为他们经常有幸沐浴在鹅毛大雪之中。人们任凭被击打成蔫垂的树叶，并没有改变步履的频率，他们的从容让我敬佩。其实，雪人一样的我的境遇能比他们好到哪儿去呢？这些吃客具有何等坚强的精神，为了尝遍北海道的美味，大饭碗中加点雪花做调料也未尝不可。一位奶奶带着孙子，以静制动，再加一碗，吃着，要等雪停再走。雪中吃面也要一丝不苟地把味儿品明白。老板在雪中也不忘大声叫卖，招揽吃客。

不知不觉中，雪停了。在淡蓝色冰雕前，来自北欧的乐师们投入地

表演着，我不太熟悉那首曲子，只感觉那旋律与冰雪的淡蓝色很匹配，听上去很舒服。乐师们真是酷毙了。

在这里，晚上开灯后看冰雕是很美的，而我们等不到晚上就要离开这座城市了。上到塔上，由于天气还处在雪后的迷茫中，能见度不高，整个冰雪节的场景并不好看，只能向吉祥物摆摆手，就当作向这场冰雪盛会告别了。

早就知道札幌拉面远近闻名，离火车开车还有一会儿，我们便来到了著名的“拉面共和国”。这国中还有火车站呢，像模像样的。“共和国”的街道一点不含糊。“国内”秩序井然，资源共享。每家拉面店都独具特色，其中五郎的店铺很有历史。“共和国”有统一的面条加工基地。真的假的尚且不知，但骗一下游人还是绰绰有余的。饮食与娱乐有机结合，这是值得借鉴的。“共和国”有卫士房，也就是派出所吧？这里的老板都是年轻人。米奇吃足了，还没忘拍照片。玩着玩着，米奇开始走复古路线了。他用胶片机拍照，对我的数码很有些不屑呢。“共和国”中“精选元首”的擂台，也是对服务质量的一种监督。“共和国”一共有 8 家拉面店，顾客是上帝。由顾客决定哪家拉面质量及服务上乘。吃完别忘了投上一票。

我们怀着对札幌的无比眷恋，带着冰光雪影的美好记忆，在夜色中离开了这座城市。

九、函馆远眺

知道函馆这个地方是自从看了那部令我泪雨磅礴的电影《十个约定》。居住在函馆的日本小姑娘与陪伴她长大的小狗之间的故事竟把我的心揉搓得软软的，带有几分混杂着安慰的悲凉。

也许是周日，整个上午函馆的大街空空的，没有人迹。阴沉的天与寂静的街，为我们本是兴趣盎然的心绪打了不少的折扣。米奇有一句没一句地讲述着这个城市的过去与今天，希望以此激发我向函馆山进发的激情。其实我也知道，离开了辽阔的白色原野，这充满小家气息的死气沉沉的城市着实使米奇失望不小。我想，也许这就是需要我们在此感受的情调吧？

函馆的夜与香港、拿玻里的夜，并列为世界三大夜景。由于地形因素，函馆的夜景以特殊的扇形著称，是游函馆不可不到的景点之一。函馆山是函馆市内唯一的一座山，海拔 334 米。函馆山展望台位于函馆山的山顶，是眺望函馆夜景的最佳地点。由函馆山展望台眺望函馆的夜景和津轻海峡的风光，已经成为观光函馆的不可缺少的内容。

约 3000 年前，函馆山是火山，也是岛。津轻海峡潮的流动夹杂着函馆山喷出的火山灰和来自龟田河的砂，在水浅处堵塞形成了与陆地毗连的沙颈岬。晴天的日子，不用说眼下的函馆市街，就连夹隔在津轻海峡的下北半岛也能眺望到。在沙颈岬中间，细长的市街上闪耀的街灯和漆黑的海形成对比，钓墨斗鱼的渔船上点燃的油灯（聚鱼灯）编织成美丽的夜景，十分著名。只可惜我们是白天到的那里，没有看到那美好的夜景。

寂静的街道没有什么吸引我的目光，管道局门口的一段段管道作为点缀的墙壁却是很有特色。人们就是生活在这毫无生气的小巷中。这里的宅子吸取了西方的建筑风格。

上山用的缆车为第四代，第一代缆车只能乘坐 30 人，第二代缆车

能乘坐 44 人，第三代缆车升级到可以乘坐 125 人。缆车的最快速度为每秒 7 米，到达 334 米高的山顶只需约 3 分钟。随着缆车的上升，城市的真容显现了出来。函馆的“脖子”——砂颈岬，把日本海和太平洋坚定地隔开。

到了山的高处，天不那么阴了。乌鸦是生活在山顶的居民，没想到，近距离观察乌鸦，它们长得非常细腻纯正，那身黑色的裘皮大衣闪着幽蓝的光泽。乌鸦的尖嘴居然也是黑的。这家伙对我一点不回避，摆着优雅的姿态任我为他拍写真。那样子分明在宣布，它们也是鸟王国的王子。

换个角度端详这家伙，它的眼睛居然像变魔法似的成了蓝灰色。没等我细看，它突然对我放肆地大吼起来，吓得我手中的相机差点儿掉在地上。我还真对它那黑色的尖嘴有些后怕，只消一下，我的眼睛肯定报销。

阳光透过云层洒落在海面上，天晴了，我们可以远眺津轻海峡了。山顶没有别人，我们充分享受着清净。这里的景色让我居然泛起一丝醉意。函馆山顶在蓝天白云下是如此的美。眺望远处的群山，心情开始变得开阔而舒坦。

离开瞭望台，下到餐厅，向外看看景色也是不错。吃顿便餐，菜的造型让我愉快。我的面条上来了，好看，味儿却一般。吃着望着，虽然日本寸土寸金，但绝不恶性开发，一些地儿该空着坚决空着。回头望海，那一片蔚蓝留在了我的心中。这片海与国人熟悉的影片《追捕》中的杜秋有点关系，他是不是驾机在这片海域逃跑的？

函馆是我们北海道之旅的最后一站。在函馆山上，对太平洋、日本海的最后眺望，那海洋包容的皑皑雪山和大地是北海道最经典的画面，

早已定格在我们心里。晨曦中，我们登上函馆至青森的列车，在苹果之乡青森转乘坐新干线。我们将穿越水下 240 米长的津轻海峡中那段 23 公里长的海底隧道，由北海道进入本州。这一天的目的地是蜚声全球的，号称是日本中的日本——古城京都。

途经仙台和东京，我们决定在仙台逗留 5 个小时，去日本三大美景之一的松岛海岸一饱眼福。松岛湾的众多小岛，没有桂林山水的气势，其面积之小不容游人踏足其上，岛上那些密植细小的松树，远望如气韵生动的盆景，是一种浑然天成的精雅景致。260 多个小岛形态各异，小得仅能容下一棵松。松岛湾的怪岛无可胜数，有的状如豺狼，有的状如海鸥，甚至有状如牛的肩胛骨。天然盆景的构思奇特，超乎想象。当我们乘坐游艇巡游在盆景中时，那些鸟儿却成了主角，它们几乎抢走了全部镜头。

回程中，逆光下拍下黄昏中飞翔的精灵们。

离开松岛海岸，在驶往京都的列车上向外望，天空居然是火红的颜色。

十、京都揽胜

午夜时分，我们到达了京都，这座城市被誉为“日本中的日本”。据说没来过京都就不算来过日本，于是我们来了。在午夜空旷的车站，我们就感受到了一股浓重的关西风情。那满脸雪白的日本艺妓已经在我心目中为这座城市的文化做了标志性的定位。耳边飘过日本小调，似乎艺妓在起舞。我努力寻找能使我那丰富的艺术细胞为之振奋的线索，最终以徒劳告终。

在第二次世界大战后期，梁启超之子、建筑学家梁思成曾向美军建议不要轰炸京都、奈良，留住日本民族之根。美军在日本本土进行轰炸时，古建筑文物最多的京都、奈良幸免于难，为此，日本有关人士称梁思成为京都、奈良的恩人。在京都，我们怀着对建筑大师的敬仰，朝圣了京都那满目皆是的建筑文物。

出了车站，明明知道酒店就在附近，可能因为时间太晚，米奇也有点转向了，为了照顾老妈，他叫了辆出租。司机一指，酒店就在路对面，但还是发动了车把我们送了过去。当然，我们兜里的钞票流进了司机兜里 600 多日元。我们领教了日本人赚钱的厉害。后来，从观景塔上，我们看到了在火车站旁出租车等活的壮观情景，那一刻完全理解了司机，并感到有点对不住他呢。司机等了很久，才拉了我们这点小活儿。

虽是隆冬，京都街上没有雪，墙上却有些植物的色彩。门后有只向外张望的猫。幼儿园的小朋友已经开始上课了。回收废品的人在埋头忙着自己的营生。此地寸土寸金，自行车代步既环保又健身。老奶奶都骑车出门，实在有需求，就买个小排气量的迷你车开开，能干活就行，人们活得实在。有车的人也不少，但车经常闲置在双层公寓里。

我们散着步，穿梭在小巷子间，不一会儿来到著名的东本愿寺，那里正在维修，工人们把需要维修的寺庙用一个临时建筑包裹起来，那份精心让我感动。我们各拿出一个塑料袋，脱下鞋放在其中，踩着纤尘不染的地板走进大殿。怀着对古建筑的敬仰，我们细细观赏着。那华丽的大厅只有两个信徒在祷告，希望自己的愿望能得到神灵帮助。奇怪的是，专业神职人员全是年轻的俊男靓女，他们满怀虔诚，路过大殿时不忘停

下脚步向佛主鞠躬致敬，我想他们口中会是振振有词的吧。不远的西本愿寺规模相对东本愿寺小些，不同的寺院函括的细节是不同的。大街上随处可见神坛和寺院。

没有时间进各个寺院。虽然下着小雨，但京都的马路干净得让人惊讶。快中午了，街上开始熙熙攘攘起来。在北海道，我们从没看到街上穿和服走路的人，在这里却很正常。这里才是真正的日本。

建筑墙壁上画满日本风格的壁画，我看不懂。沿着有名的“鸭川”走着，我想象着两岸樱花盛开时的美景。日本人处处讲究细节，栏杆维修很方便，卸下来换一根就行了。在小店门口可以感受到日本人津津有味地过日子的氛围。请愿的人有很多选择，每个寺院都有不同的功能。白灯笼上写有人名，不知他们都是何人？捐过款的信徒吗？

我们满街乱逛，希望找到祇园。当看到一些身着日式服装的日本女人，我发现我们已在祇园。都说没到京都就没到日本，又说没到祇园就不算到了京都。我们已经幸运地站在这里啦。此时我们已是饥肠辘辘，

忙饥不择食地钻进一家火锅店。坐在榻榻米上我们饱餐了一顿。当然，这与北海道深处的怀石料理没法比，但还算具有特色，饮食健康。我们互相提示别吃太饱，留着点肚子，外面的小吃可是琳琅满目。

这伞上的那条花布才是最精彩的地方，它深深地体现出日本别具一格的花布文化。

深深的小巷中有许多小吃摊。米奇埋头穿梭在各类小吃摊间，一会儿递给我一份小吃。对馋猫们来说，这里可真是好去处呀。此刻我手里拿的、嘴里叼的全是美味，时不时看到稀奇的景象还不忘用一只手拿起脖子上挂着的相机，咔咔按上几下，嘴里食物中饱含的多彩汤汁顺着衣领流了一身，脸也成了大花猫。米奇看到我的狼狈相，哈哈笑着问我：“妈妈，你爆炸啦？”

我们来到 150 多年前天皇的寓所。原来，天皇一家人曾孤独地住在这空旷的院落中，我有些同情日本皇室家族了。

一天的时间太短，无法参观太多的景点。晚上登上瞭望塔，通过望

远镜看到了那密布全城的古迹。在塔上，我看到了京都城随着太阳的陨落而变得昏暗了起来。京都城大小寺庙尽收眼底。

京都被夜幕笼罩着。想着旅程接近尾声，我的脚步变得沉甸甸起来，镜头的画面也在不觉中有了几分阴暗。在火车站，米奇安慰我，明天在富士山有个大惊喜在等着你呢。

十一、富士情愫

转眼，这次旅行进入了尾声。富士山是日本的著名地标，在我心目中没有到过富士山才是真正没到过日本呢。米奇很早就预订了地处山梨县河口湖边美丽的秀峰阁酒店，酒店所有房间都面对富士山，通过房间中巨大的窗可以与富士山隔湖相望。在露天风景中可以享受到泡温泉仰望富士山的无穷惬意。对于我来说，最大的愿望就是亲手拍下落日余晖下或沐浴在朝霞中的富士山的美景。

在仅剩的一天时间里，我们还希望以急行军的速度，去大阪城中著名的天守阁，考察一下曾在画中见过的樱花丛中里的白墙亮瓦的建筑，用自己观察后的判断去体会攻破那层层叠嶂的要塞该有多么艰难。

气喘嘘嘘的我们，终于来到了在宽大护城河包围下用六道城墙包裹的固若金汤的天守阁。米奇娓娓道来当年真正统治日本的天守阁主丰臣秀吉家族的兴衰。据说人们当年攻克天守阁用了两年时间。被攻克后，丰臣秀吉的继承人丰臣秀赖率领全家亲手焚烧了天守阁,随后集体自尽。

看来日本武士道精神是有些历史渊源的。后来按原来的模样重建天守阁，其色彩和风格已经掺杂了西方的白色的主基调。

在天守阁顶，我们眺望了大阪城，然后几乎一路小跑赶往车站，争取在天黑前到达富士山。

终于，在太阳落山前我们到达了山梨县与富士山隔河相望的秀峰阁酒店。可惜的是，富士山的身影已在一小时前隐藏在云雾之中。失望中，只能期待着晴朗的明天。在薄雾飘渺的黄昏，这里的景色还是让人心醉。

岸边枯黄的芦苇，昭示着绿水青山中此地的妖娆。

酒店负责接待我们的日本小姑娘文静淡雅，不像其他酒店那些身穿和服的妇人，带着职业化的笑脸，程序化地忙碌，让人很不舒服。虽然语言不通，但可以看出小姑娘很喜欢我们，很快用多种方式与我们轻松自如地交流起来。小姑娘与米奇确定了开饭时间后，我们就去了温泉浴场。我们已经非常熟悉日本的泡汤文化，日本各地的温泉浴场大都是一个样子。

在温泉里，在迷雾中，呼吸着清新无比的空气，望着富士山的方向。天仍然是阴沉沉的。我们在巨大的失望中迎来了黑夜。回到房间，小姑娘已经摆好了怀石料理的头道菜，我们即将告别日本的宴会就此开始。

开胃酒是橘红色的石榴酒，一只小白兔静静地卧在碗底。米奇最先一饮而进，然后让我猜猜小兔是什么材料做成的。看情形，我猜可能是大蒜。当我小心地把那酸溜溜甜丝丝的液体放入嘴中，没有大蒜随之滚

落其中，定睛一看，小白兔与瓷碗实为一体。

小姑娘为我们点燃汤锅，在咕嘟嘟声中，房里的家庭气氛更加浓郁起来。就餐过程中，一切都规规矩矩、干干净净。小姑娘送来盛满火锅的肉菜的精美的小竹篮。竹篮旁瓦炉上炖着的肉散发出诱人的香气。她倒上一杯上好的煎茶。小姑娘按照菜单，一一给我们解释每种菜的说法。日本料理是绝对能吃饱眼睛的。

豆腐的味道奇怪，弹性极好，是至今我吃过的最好吃的豆腐。猪肉也很清淡，汤中没有一丝油腻。

米奇喜欢加热的日本清酒，我喜欢冰镇梅子酒。打开冰箱，里面应有尽有。火锅汤清澈见底。拿过小竹篮，把新鲜的猪肉和和牛肉及菜等投入汤中。有点西化的餐具盛着典型的日式料理——萨西米，很别致的萝卜汤。

我们尽情地享受了日本饮食文化带来的味觉和视觉上的美感。

回到牛津，米奇又将在粗犷的英式饮食中，在吃饱不饿的满足中，度过他的大部分时光。

从那百年不变的小茶壶中倒出芬芳的绿茶，把饭后甜点吃进肚里，晚宴到此结束。

饭后，我们在夜色中呼吸着富士山脚下河口湖畔那特有的清凉空气，在周围散着步，咀嚼着旅行中所见所闻所感的多元化的滋味。仰望大堂那暖色的花灯，即将与儿子分手的惆怅顿时涌上心头。米奇安慰着我失落的心绪，特意请调酒师调了鸡尾酒，来点西洋情调，以冲淡一下东洋情调中时隐时现的悲情。调酒师那犹如舞蹈的调酒动作，令我们为他的天才表演报以掌声。至今，我对那酒中蕴含的温馨、甜蜜、酸楚的混合滋味仍记忆犹新。米奇的酒很符合他所具有的宽厚、清纯的个性。

为了拍摄日出时的富士山，我 4 点钟就起床了，架好三角架。然而，姗姗来迟的晨曦中飘舞的雪花击碎我的期待，那失落之情无以言表。我与米奇坐在大窗前，喝着热茶，谈着天、谈着地，唯独不谈即将面对的分别。我们已经开始新一轮的期待。

在漫天的雪花中，我们的旅行结束了，带着美好，带着期待。

走，去看午夜的太阳

（英国、希腊、瑞典、芬兰）

一、出发

端午节是我们出发去英国访问的日子，这次访问的主要目的是参加米奇医学院的毕业典礼，这是我们在牛津大学第三次参加儿子的毕业典礼了。11 年间，在小城牛津，米奇已经由一个小男孩长成了大人。他先去园中清理残花后给花们浇足水，顺便把树下生长着的几叶青菜摘下，回屋从冰箱中取出几只大海虾。西蒙说他可以吃 4 只，在小钢精锅中注入清水，扔入海虾和几粒胡椒，淋入数滴香油后，再放入那些珍贵的青菜。开锅后再撒上青葱香菜，倒入白色大海碗。西蒙一改豪放的餐饮习惯，居然拿来精致的小碗和汤勺，有板有眼地眯着眼品着汤的味道。其实，他是在汤的热雾中想象着与儿子团聚的美好感觉。

门铃响起，送行的朋友已经到了。我们反复巡视家里的每个角落，不放过任何一个水门和电门，确定全部关闭后，于是装车锁门，奔向机场。车上，西蒙与昔日同窗和战友聊着他们的话题；我呢，居然在后座上安然入睡，做了一路的白日梦。

几个月没有长途旅行了，发现机场“革命”了，候机大厅成了“行尸走肉”者的天堂。一个 iPad 在手，不挪地儿就把餐订了，就地刷卡，片刻间食物被端来，眼睛盯着网络的同时就把饭吃了。体验“革命”后的快感，眉毛拧成一团，吃过不少难吃的机场快餐，但没有吃过这么难吃的。

登机了，基本客满。我旁边坐着一位黑皮肤的年轻人，飞行途中，我发现这位旅伴非常绅士。我歪头端详过他，深棕色的皮肤非常细腻，像缎子似的。早年在南非工作期间，我教过黑皮肤的学生，其实，他们和我们一样，有着现代人的情感，他们同样会幽默、会悲伤、会喜悦，除了肤色，没有什么不同。6 个多小时后，飞机准时在伦敦降落。在海关就可以透彻地感受到英国人的傲慢。欧盟以外的外国人被仔细询问，所以等候的时间让人几乎抓狂。我们入关时面临的询问比较简单，与牛津大学刮上干系就会受到高度礼遇。在海关人员的亲切关照下，我们又一次踏上日不落帝国的领地。

出关后，米奇伸开双臂向我奔来。刚刚从台湾实习归来的儿子皮肤呈健康的淡棕色。母子拥抱不同于以往，我被儿子轻易地抱离地面。哦，在长大的儿子面前，我第一次有了弱小的感觉。米奇第一次为老爸老妈担任司机，驱车离开机场向牛津奔去。在车前排父子的谈天说地中，我在后座照例进入了梦乡。

二、盛满牵挂的小城

为了在医院学习及实习方便，米奇在牛津大学的最后一年搬入医院附近的一套小宅。那小宅着实迷你可爱，小小的双人皮沙发上赫然端坐着比米奇还大的青蛙王子。旁边的白色玻璃小桌上放着小型激光打印机，米奇经常弹拨的吉他伫立在一旁的琴架上。沙发前白色玻璃茶几上放着一些文档和一套双人银制小茶具，这是米奇从土耳其伊斯坦布尔带回的纪念品。早年我曾在那里工作过，看到茶具，使我情不自禁地感到亲切。乍一看，茶具上的雕花很美；细细看，那雕花不是手工雕刻而是锻压出来的。那长方形小托盘上的两个迷你带盖儿的小茶杯让我爱不释手。接下来的日子，我每天都使用这套茶具喝茶。米奇的小客厅和迷你厨房连成一体，迷你厨房的白色橱柜中镶嵌着小型洗碗机和电烤箱，就连电冰箱都被一色的白色橱柜包围其中。客厅中两扇遥相呼应的窗吹进习习清风，小玻璃圆桌上那盆盛开的紫红色兰花使室内充满生气。米奇的小卧室内的通顶书架上放满了书，衣柜中散发着淡淡清香，平平展展的衬衫和衣裤有序地悬挂着。床上有些凌乱。在客厅一角有一张木制的日式矮床，移出床垫，便是一方很标准的榻榻米。米奇也许经常盘腿端坐其上，品茶休息吧。我想他一年中不会有休闲的雅兴，摆在那里的仅仅就是一张闲置的普通木床而已。我们的到来使小宅显得拥挤，但经过整理，小宅变得不仅充满活力，而且舒适有序了。

米奇用 4 年时间完成了正常需要 6 年才能完成的临床医学课程，通过了全部 27 次考试，最后那场考试通过后，他正式获得了医生的称号。然而，激动过后，他一头扎进了实验室，因为在那里，他发现了另一个会使他激动的天地。在其他同学紧张学习的生涯结束后全力放松休假的日子里，他却开始遨游于科学研究的海洋中，享受着向往已久的快感。由于米奇的加入，放射医学研究团队的课题有了突破性的进展。在这个医学和物理学精英荟萃的团队中，米奇是数学、计算机系统及网络技术最优秀的，他像加在老虎身上的翅膀，使团队开始飞跃。在离校前的日子里，米奇仍通宵达旦地忙于课题。

住所离医院很近，父母的到来，使米奇感受到笼罩着亲情的温馨，回家吃饭对他来说是久违的奢侈。他珍惜可贵的分分秒秒。小城牛津对我和西蒙都如同家乡一样熟悉，米奇在此 11 年，我们的牵挂伴随着他的成长全部留在这里。米奇马上就要去外地的医院工作了，我们和米奇一样开始留恋这里的一切。我们有计划地最后一次漫步于古城的大街小巷，细细品味岁月流逝的味道。

米奇夜归的声响，对于我就像最美妙的小夜曲，这些美妙的音符一经我的音频信号采集器——耳朵送进大脑，那警觉的中枢神经立刻会松弛下来并进入亲情笼罩下的悠然之中。每每这时，我们会打开所有的灯，镶嵌在小宅低矮顶棚上的节能灯居然也产生了星星般的奇幻效果。电炉上煲了很久的粥发出的香气弥漫在狭小的空间，那气味足以把米奇带回遥远的有外婆在的故乡。米奇不在家时，我像所有的妈妈一样，习惯性地把儿子的房间进行了清理。尽管要搬家了，但依我的习惯，住一天也是要一尘不染的，特别是浴室。我把那些瓶瓶罐罐一股脑儿装进塑料袋，送到楼下的废物回收桶里留下我很熟悉的东西。浴室传来米奇的叫喊：“浴液、洗发水都收到哪里去了？”我回答，那些陌生的东西都在楼下的废品回收桶中。无奈的米奇只好穿好衣服冲下楼去拎回那堆装有各色液体的瓶子。我第一次发现，在时光流逝中我走进了老妈的行列。年轻时的我当年也曾对母亲的过度关心照顾哭笑不得啊。我开始思考应该如何在孩子面前改变习惯性的自以为是了。好在懂事体谅人的儿子没有抱怨，只是笑他的老妈像一个患多动症的机器人。

只要有时间，我们仨就会去城中走走，想吃什么，走着商量。路边是牛津城一成不变的绿荫。还有那一栋栋古旧的维多利亚式老宅。夏日里，长满青苔的矮墙有零星的彩色小花盛开着，宅子的墙壁上有青藤在蓬勃向上地攀缘着。吮吸着青草的清香，就像与大地融为一体。在城中心的一栋古宅门前，我们不约而同地驻足，据说这是一间很著名且历史悠久的酒吧，这里的热狗的味道在全英国名列第一。打开沉重的木门，里面有古老的钢琴，摆满古旧书刊的古老的书架，古老泛黄的菜单，古旧的桌椅。在那里我们点了古老的玫瑰花瓣鸡尾酒，就着古老的爵士乐，每人吃了一块硕大的美味热狗。从酒吧出来，在爽人的清风中，在缀着一弯新月和布满星星的暗蓝色的天幕下，我们仨步行回家。途中米奇回到了医院的实验室，这又是他的一个不眠之夜。

三、克里特岛

做一个明白的母亲是需要大智慧的，如果具有将旧时光的记忆碎片修正拼合并在大脑中复现的特殊能力，一切都会变得轻松美好。已经长

大的孩子早已脱离了对母亲的依赖，有的只是尽其所能地回报母亲养育之恩的本能。回顾年轻时母亲来访，忙碌中为了不让母亲被冷落，自己曾是怎样的手忙脚乱。目睹米奇离校前的繁忙情景，为了不给孩子添乱，我和西蒙酷酷地飞到了希腊科里特岛。

希腊媳妇鹭鹭发来信息，说去那里一定要带够现金，那里正在发生危机，人们在提款机前排成队取款，因为到处不接受信用卡付款。这样重要的信息在我们飞机落地后才到达手机中。我们只好排长队去提款机提款，轮到我们，机器中居然没钱了。在人心惶惶的气氛中，感觉这个国家破产在即。幸好口袋里有些碎银子够我们坐出租车。在漆黑的夜幕下，迎着爱琴海的风，我们到了预订好的海边度假村。午夜1点，在那个布满度假酒店的小渔村狭窄的街道上，还有一些享受夜生活的游客漫步在昏黄的路灯下。在唯一仍在营业的小店里，我们吃着配有意大利烤土豆的烤鱼，喝着啤酒。吃喝间和老板有一句没一句地说些说了和没说一样的话，小店老板高兴了，深更半夜居然还舞了几步。饭后老板送来一小罐饭后酒，那淡红色的液体引诱着我，我一口喝下一大杯后飘飘然起来。难怪，那是希腊人的饭后烈性酒。黑暗中依偎着西蒙，迈着飘逸的步伐寻找住处。我们在昏暗的路灯下发现了一个没人排队的提款机，一个女人正警觉地把取出的现金揣入怀里，是我们吓着她了。

我们居住的套房占据小店最好的位置，阳台下是泳池和或隐匿或公开的躺椅，远处是吸引我们来此的爱琴海。夜晚，在灯下第一次走入房内，我感觉就像住进了巴黎圣母院，在卧室关上有大门拴的木门和小窗时，居然产生为某种信仰献身的悲壮，因为我找到了囚徒的感觉。

天亮时走入院子，守着一池清水吃饭。远处的爱琴海泛着一闪一闪的光，近处是晒太阳的人们。说实话，其中一位女士身材不错，身着比基尼还嫌不过瘾，阳光下还在继续脱着，裸体也没人惊奇。很快，一池清水中漂着一男一女两具仰卧的全裸体。此刻，深陷危机的希腊已成全球热点，买个房子就可三代移民。货币管制，到处只收现金。走出度假胜地，一片荒凉。这世界真是病得不轻了。

我和西蒙漫步于黄昏的海滨，猎奇般地扫描着周围奇特的人文风景：飘着诱人香味的大烟枪，水边烛光中的草顶伞下对着一杯酒 high 着的人们，只有在寺庙前小空场踢球的孩子们散发出可称之为乐的因子。在海边长廊落座，要了几道本地特色菜，就着海风吃着，和处在实验室中的米奇交流着彼此状态，互道珍重后，吃的人继续吃着，忙的人继续忙着。

去了希腊，若不看看 3000 多年前在赫拉克利翁的米诺文化遗迹 Knossos 就等于没来过希腊。于是我们去了。骄阳下，在古老的迷宫式的断壁残垣中穿行，我全身心都沉浸在米诺文明的教化中。人类的发展

如同潮起潮落，昔日的古文化发源地希腊现今正走向低谷，人类还能再维持 3000 年吗？脚踏着荒芜的土地，想象着这里曾经土壤肥沃，风调雨顺，肯定在 3000 多年前发生过巨大的变迁，使沧海桑田变成了荒凉大地，那么，米诺文明与消失的亚特兰蒂斯文明有何关系呢？在博物馆中看着 2000 多年前的雕塑，怎么看都会想到意大利文艺复兴时期以米开朗基罗为代表的一众人，他们的作品真是与古希腊文化脱不了干系。

贫瘠的山坡上，到处长满了橄榄树。途经酒庄，进入浏览，品酒，味道一般，生长仙人掌的土地长出的葡萄能酿出美酒才怪。倒是希腊橄榄油比较著名，酒品了，虽然免费，但银子还是要出些的，于是买了一口袋橄榄带回给米奇享用。希腊虽深陷危机，但希腊人懒散如常且很有礼貌地生活着，地下过道打理得如艺术殿堂，雕塑作品精美绝伦。我开始佩服考古学者们能从地下发现的碎片演绎出画着婀娜的古代美女的古

墙来。

除了爱琴海，圣托里尼的蓝顶白屋也是此次希腊之行的诱因之一。那片经典的建筑坐落在荒芜的岛上，天应该是有云的，因太阳照射的角度过于直接，炙烧后的云像熔化的奶油糖，更像断藕的连丝随机甩在淡蓝色的天上。说热也不尽然，应该说是烤更贴切些，因为皮肤蒸发出的水分片刻消失，也就没有大汗淋漓，但烦躁之感肯定是有的。岛上没有什么植物，山间开出盘山道，车子盘旋向上绕。车中我时而面对岩壁时而面对大海，随时做好翻下山的准备。到了景点，在窄巷拥堵着的游客中挤出缝隙，终于看到了著名的蓝穹顶白屋子，想拍几张照片，无奈人头密度太大，只好应付差事般地在人少处按动快门，角度不佳，拍照效果自然不好。这就是跟随大众人云亦云的结果。跻身资深游侠之列数年，独自浪迹天涯，一直所向无敌，收获丰厚，如今以成为“烤肉”为代价首次尝到失败的滋味。

克里特岛的黄昏是美的。望着房间门口的阳台，不由想到罗密欧。西蒙建议我们自己搞台烛光晚餐。说干就干，到街头超市看好食物，只可惜没有蜡烛，作罢。在村中花草旁游走着，不时还要扭身给汽车让路。沿途看到肉质的花、流浪猫夫妻，还有一家家小店，小小烂尾楼掺杂其间，提醒着时下的危机。浪漫晚餐没搞成，饭还是要吃的。走进一家小餐厅，登上楼顶阳台，头顶长满绿色的藤萝，耳边飘着民族风轻音乐，风情涌动，只是困意袭来。

我和西蒙，两个曾经的大忙人，终于能够真正停下匆匆的脚步，认真看一看我们生活的星球，此刻说不幸福谁信呢？

四、别离小城

随着时光的流逝，米奇踏上多年前我曾无限憧憬并孜孜以求的路，一切都似曾相识，但又完全陌生。相识者为回报社会的激情；陌生者为年轻的米奇没有蹉跎岁月，在我艰难起步的年龄已站在科技发展的前沿，他的专业视角和广博知识已超出我们的预期。作为母亲，不论在他身边与否，都会静静地守候着他的幸福和快乐，一切的一切都不要苛求，顺其自然就好，心态平和就好，身体健康就好，轻松快乐就好。在成年后的孩子面前，妈妈是永远的倾听者和知心的朋友。

牛津，米奇学习并生活了 11 年的小城，此时要离开了。再去坐坐双层巴士，望着车窗外熟悉的原野，油菜地的花还没开，但已展现出一片均匀葱茏的绿色。树林中那一小片空地在眼前闪过，“渔佬”两周一次摆出的海鲜夜市也是我们经常光顾的地方。林荫小道上，拖着装满硕大的帝王蟹以及八爪鱼和鱼虾的小购物车，我那满载而归的影子此刻竟浮现在自己的脑海中。小城一如既往的寂静，我们再一次去草坪散步，踩着地毯般柔软的草地，吮吸着草的清香，谈论着过去日子中的故事。在那棵参天大树下，巨大柔和的阴影中，米奇找到一片长势茂盛盛开着小野花的草地，因为那片草地下安葬着米奇的同窗那出生不久的婴儿，可怜的孩子的死因是感冒引起的高热，还没有来得及看看蓝天就走入无尽的黑暗，而他的父亲却是牛津医学院未来的医生，因专注学业而忽略了襁褓中的孩子。这丧子之痛，将伴随年轻的父亲终生。

我们再一次去了牛津郊外的古老酒巴，那是著名翻译家杨宪益先生早年经常光顾的地方。运河边、古桥旁，在初夏的清风中慢慢地喝着泛着泡沫的香槟。远处的“鸭洲”上，成群的牛一如既往地踱着绅士的步伐不时弯腰吃草，大雁不是很多，白天鹅则成双成对地漂在河中。细细咀嚼着幸福到极致的味道，这是米奇出生的29年间，我们第一次如此轻松地享受一家人团聚的时光。

离开的日子终于来了。寓所已经搬空。米奇煞有介事地给坐在副驾驶位置的青蛙王子也扎上安全带，那盆盛开的兰花放在青蛙王子的怀里。米奇打开车窗探出头来，最后一次仰头看看那两扇曾经充满温馨的窗。

五、儿子的新家

米奇的新家在离莎士比亚故乡不远的小城雷明顿的一栋老式的维多利亚小楼中。窗外一片绿色，我们都喜欢这里古老而清新的感觉。这里的人们很安静且友善。和牛津相比，这里街景大气，风格不同，各有各的好。我和西蒙帮助米奇以最高的效率营造出简单舒适的小巢：新买的工作桌椅和一对可爱的布艺小沙发，配上可爱的大头灯，工作桌很大，可兼作餐桌，健身器摆在墙边。于是，那间客厅具有书房、餐厅、客厅、健身房等多项功能。米奇家的黑色纵向百叶窗帘质地不算好，但遮光的功能总还是可以的，特别是黑色的窗帘，给人以漫漫长夜的感受。

在新家中迎来第一个黎明，窗帘外一片阳光灿烂。拉开所有的窗帘，心情大好，已被打理得井井有条的厨房激起我动手烹制早餐的热情。没有准备，但有智慧。瞧见角落中静卧的大法棒（法式棒状面包），操起米奇家厨房用的双立人牌带尖的刀，把法棒切成薄厚均匀的片儿，码在镶有金边的白瓷盘中，从厨柜中拿出一小瓶意大利黑醋和一瓶淡橄榄油，放在蓝花托盘中，端到米奇的工作台兼餐桌上。法式面包蘸着黑醋和橄榄油，味道很好，即便早晨食欲不好也能吃下很多。我用小型不粘锅煎了 3 个蛋，拿出一瓶去年在挪威买的红鱼籽酱及一盒鱼罐头，再有就是剩下的半瓶迷你酸黄瓜，把它们放在日式小碟中，把唯一的一根黄瓜去皮切成段，橙子切成片。此刻，桌子上已是琳琅满目了。我做大厨，早餐是必备红茶的，老小俩米奇都随了我，由饮咖啡改为喝红茶了。阳光下，鸟叫中，一桌杂七杂八的东西很快就进了肚。我一向手快，洗着餐具，顺手把一口袋山楂干丢到大砂锅中，倒满清水，加入蜂蜜，熬制酸甜可口的山楂汤。待出门回来就有得喝了。

米奇很快就要以医生的身份在华威医学院附属医院工作了。今天是去医院送有关表格的日子，我们一起驱车前往。办完事，去大城市伯明翰看看。老远地，看到了似乎那里的空气中有霾。还在途中，我们就隐约感到去那里的目地也就是吃一顿中国饭，已确定目标为“胡椒大厨”。走进城中心发现，这里是有色人种的世界，街头到处都是懒散的印巴人。阿訇坐在清真寺的台阶上晒着太阳。几个壮年印巴男人在室外球台上打着乒乓球，看着我手有点痒，想接手玩玩，米奇拉我走开，说我的球技会吓着这些菜鸟级球员。步行街上发现了一个大桶型的移动房子，紫色的背景上有神秘女人像，有点像吉卜赛人的宅子，看了招牌知道车中经营的是算命业务。想想自己早已过知天命之年，就断了想登车让人算算的念头。其实我真的很想进到神秘屋中看看。饿了，去了想去的餐馆。服务生的懒散与英国社会有些格格不入，但和其他同胞一样，我们也对此不以为然。看着窗外过客，那个身着笔挺西装的迷你男人，还有穿长衫的印度男人，那一群围着面纱的女人露出的一双双美丽的眼睛，伯明翰就是这样一个弥漫着古兰经情调的大城市。

米奇的医学院毕业典礼如期在牛津城中的古老会堂举行。身穿红色博士袍的米奇第三次走进那个庄严的仪式殿堂。向校长及教务长致谢后，米奇脱下博士袍，换上了蓝色医学学士袍，得到校长用拉丁语的祝福后，在手拿权杖的仪式官的引路下，校长、女教务长、米奇一行人缓步走出礼堂。米奇的新生活开始了。

离米奇报到还有几天时间，我们决定，出发去瑞典看看瑞典中的瑞典，再去芬兰看午夜的太阳。清晨，着简装，米奇开车，第一个目标——伦敦西斯罗机场。

六、走，去看午夜的太阳

飞机从伦敦出发，两个半小时后抵达瑞典首都斯德哥尔摩。这里的空旷和慢节奏散发出典型的北欧气息，说荒凉并不荒凉，却与繁华也不搭界。本地人身材高大，皮肤比欧洲其他地区的人更白，缺少色素也许是与日照时间短有关吧？高大挺拔的瑞典人使我情不自禁地想到北欧森林中细高的松柏，为了获取更多的日光，一直保持着向上的姿态。接下来到租车处取到车钥匙，去车场找到车，调好 GPS 导航系统，一路向北驶去。第一个宿营地是 200 公里外的林间小舍。

高速公路上很清静，车少得令人心头发虚。路边的绿色原野与欧美其他国家没有太大差异，只是绿野环绕中的红色小屋使大地平添出富有诗意的瑞典风情。夏日的北欧昼长夜短，看看表，已经是午后 10 点多钟了，天还大亮着，我们担心到达驻地没有食物，通过手机导航找到一家饭店，在 GPS 指引下到了饭店的位置。那里竟是密林深处一位独居女人的家，她豢养的两条寂寞疯了的狗扑上车来示好，很让人不忍冷落

了它们，结果弄得我满身都是狗的口水。在瑞典密林深处，体验生活在别处的感觉真的很有趣。在那里，目睹了正宗的孤独与寂寞中的人类。

在密林深处找到小舍，没人管理，房门大开，里面什么都有，就是没人。吃了、用了放下银子即可，留言板上有一封给我们的信，是主人留下欢迎词，余下的事儿就是好自为之了。四周没有人声。躺在陌生的床上，启动所有敏感的神经元捕捉可疑的声响。望向窗外，午夜的天空是暗蓝色的。那边，米奇满是牛津腔的呓语传来，儿子已经进入梦乡。

天大亮了，大小两个米奇都说去外面观察地形，不见了踪影，可怜我没有选择地收拾好行李，清点完物品，做好出发的准备，很快我们就向下一个目标进发了。当我们闻到了铜臭味时便意识到，这就是我们要去的地方——历史悠久的铜矿。这是瑞典的旅游胜地，通过1000多年的挖掘，地下已经四通八达，在200多米深的地下，在崎岖的滴水洞里，我感知着人类的特性。那一刻我想到了蚁穴，有什么不同呢？大致不过如此吧。

升上地面，在纯天然的湖光山色中，我们继续向瑞典腹地进发，傍晚抵达瑞典著名画家之一——安德斯·左恩的故居，这位画家生前曾为美国总统以及其他多国政要画过肖像。他的故居很美，院子里、草坪上，有人躺在那里晒着太阳。对面的教堂里也挂着画家的遗作。

带着被艺术熏陶后的感动，我们在一家小镇酒店享受了一顿纯粹的瑞典晚餐。除了我们，没有什么人用餐。我和米奇用墙角那架古老的三角钢琴和吉他演奏的优美旋律荡漾在酒店的客厅中，西蒙深深地陶醉了。吃饱喝足已快夜里 10 点钟了，反正这里半夜天才黑，我们沿着像经历世界末日后没有人迹的高速路朝斯德哥尔摩方向疯开。路两边是黝黑的密林。路经无人的小村落，邂逅了一台草坪机器人，在光学传感器的引导下，机器人准确无误地按照最合理的路径工作着。就在这个时刻，我怀念起远方实验室中的机器人孩子们，愿他们安好！

夜晚 11 点我们到达酒店。此时酒店处于无人管理状态，电话联系后，拿到入门密码，前台摆着钥匙，没刷信用卡，也没交钱，明天吃完早餐

退房时再说。

进入皇室的发源地，笼罩着瑞典文化之风，我们体验着特别的慢节奏。在瑞典第一座教堂的后花园，站在天堂入口的一方方合属小花园前，猜想着里面灵魂间的关系：老妻少夫？姓氏不同，也许是母子？

我们去瑞典第一所大学乌普沙拉大学转了转，安德斯·摄氏（温度计发明人）是这所大学的杰出校友。下午，在王宫见证了瑞典曾经的强大。王宫的后花园真让人舒服。在那里，我很可笑地产生了当皇后也不错的念头。

斯德哥尔摩市政颁奖厅是来瑞典必须去的地方，哪个科学家不渴望身着礼服端坐于此，并走上讲台进行一下世界最高规格的演讲呢？去了才知道，这里是谁出了银子都可以租用的会议厅，那镀了24K金的金属片装饰的大厅墙上，巨大的女人像被巴黎埃菲尔铁塔和纽约自由女神簇拥着，让你感到瑞典处于世界和平中心的位置。来此朝圣的游客只管各顾各地拍“到此一游照”，而我和米奇的心里却有些莫名的失落。在墙壁上一个不起眼的角落中，我们找到了诺贝尔的金像，怀着敬仰之情，

与科学之神的金像合了个影。我不小心趼了一跤，权当给诺贝尔先生来一个中式跪拜礼吧。

此刻，举着手机和相机的许多只手出现在金光闪耀的大厅。拥挤的朝圣者为斯德哥尔摩市政带来可观的收入，去那是要买票的。瑞典政府和加拿大政府相比是有失厚道的，加国那堂皇的国会山是任谁都可以免费参观并在其间得到礼遇。托诺贝尔的福，被诺贝尔奖租用的市政议会厅为他们带来财源滚滚的红利。但由于那里没有授权，纪念品与诺贝尔没有一点关系。作为曾经的科学研究者，对诺贝尔的情结虽然已经释然，但我仍然由衷地渴望我的儿孙们不要用目标设计自己，要顺其自然，轻松自如，享受于无穷创意的过程之中。

我们不甘于与诺贝尔失之交臂，于是，在斯德哥尔摩狭窄的老街上穿行。耳闻胡同深处皇室检阅卫队的进行曲，眼见保安站立路口，就是没有目睹皇家仪式的壮观。与伊丽莎白家相比，瑞典王室小气好多。那方不太大的广场上，街头艺人手风琴的音箱中传出的乐曲很有品位。那是一曲很有名的探戈舞曲。我们租来的车子由老米奇掌握，居然开到窄巷深处，并泊在酒吧边。老米奇留守于此，他打定主意任罚，此乃出游正常消费。我和米奇强迫症发作，不到诺贝尔博物馆绝不罢休。如愿进入诺贝尔奖博物馆，室内不大，但感觉周围站满巨人。那个珍藏的小器皿中留有青霉素发现者弗莱明工作的痕迹，我很敬重弗莱明的为人，他在获奖时很谦虚地把荣誉归于验证他的发现的两名牛津科学家。同时，在我的内心中也为验证了扬李二人理论的女物理学家吴建雄没有同时获奖而有些不平。其实真正的科学家并不会十分介意获奖与否，获奖这件事全在偶然中。中国作家莫言的书在纪念馆中有售，他的中文版的获奖之作我认真读过，英文版更加精彩。那小瓶中的胰岛素的发现者之一、加拿大人班廷应该算是米奇的高中校友呢。

时间滑过，去码头登船的时间到了。

我们的计划是周密的。驱车到达港口，卸下行李和我，米奇父子去租车点还车，我留守看管行李。在那空旷的登船大厅的椅子上，我用手机当记事本，完成了斯德哥尔摩旅行纪事。看看时间，离开船只有二十几分钟了，他们仍不见踪影。奇怪的是我居然没着急，干吗要着急呢？晚了就不走，坐下一班船也是一样的，损失的船票权当正常消费吧。正想着，那爷俩小跑而至，他们拖起行李就往登船口跑。我们是最后的登船者。原来，他们还车途中忙里偷闲去了全欧洲最大的医学院，出来加油时还不忘吃个热狗。在我们的嘻嘻哈哈中，轮船启航了。在顶层光洁的甲板上，芬兰时间夜晚 11 点，在波罗的海上，我看到了接近午夜的落日余晖。米奇的手机网络送来信息，他的行医执照已正式生效。

深夜，和儿子兴起，跑到酒吧去喝啤酒，其间看着午夜的天空，渴

望能够看到刚刚落下的太阳再冉冉升起，然而，困倦扰动下还是悻悻回舱。说好睡到自然醒，到终点时让船员把我们叫醒，请下船去。然而，清晨广播声就传来，我们匆匆起床，拖着行李加入了下船乘客的行列。因为我们的目的地赫尔辛基并不是最后一站，在此轮船只停靠半个小时。

下船后，在没有完全醒透的状态下，我们懵懵懂懂地找到租车行，接下来继续随性边走边看。天阴着，我们在海边吃了饭，也不知是早餐还是午餐。我比较喜欢这里冰镇的番茄黄瓜汤。黄瓜番茄都是碎的，第一次发现黄瓜是那么清香。周围有许多肥硕的麻雀排队站在旁边的架子上，只等人一起身即扑向饭桌打扫残局。鸟都各有各的领地。余下吃剩的土豆，我包了一些边走边抛给满地的野鸭，但鸥像俯冲的轰炸机，敏捷异常地扑向土豆，土豆在空中尚未落地就落入鸥的嘴里。而鸭们则带领一家老小，对夺食的鸟视而不见。看来鸟界也有它们自己的潜规则呢。

车泊在码头，乘交通艇，到号称东方直不罗陀的海上要塞。据说没去那里就等于没到过芬兰。在那里，我感受到了当年俄罗斯尼古拉一世的军事指挥能力。那晚夜宿芬兰第三大城市坦佩力 (Tampere)。列宁博物馆在坦佩力的一条寂静的街上。其实，我 15 岁时就读过《列宁传》，那是父亲的藏书。列宁留给我的深刻印象不是他的主义，而是他幼年时的故事。米奇对人类历史有极大的兴趣，他从幼年就这样。我惊奇地发现，他那个研究工程科学和医学的脑袋中不知何时装进数不清的历史故事，当然也包括马列先驱——列宁。登上那栋寂静的灰色楼房，没有人影，就像大学进入假期后的图书馆，无人光顾。在楼梯口一扇很普通的门前，竖有一尊列宁塑像证明我们没有走错地方。列宁向前探着身躯，他是个很有天赋的演说家。那间不大的被称为博物馆的房间只有一个小伙子管理。自始至终，除了我们，没有其他人走进这个房间。留有列宁手迹的信札及文字原件没有进行文物保护措施，只是简单地裱在纸板上。米奇认真地在留言簿上写下了他的心语，他把列宁青少年时的照片指给我看，认为那时的列宁像极了影星莱昂纳多。在很多革命党人的合影中，

我认出克鲁普丝卡娅、捷尔任斯基、斯大林、布哈林等。米奇非常佩服我的历史知识，其实那都是我青少年时期的记忆。与周围新教教堂和东正教堂的厚重富丽相比，淹没在林立楼群中的列宁博物馆显得实在是太无产阶级化了。听说这里一个月后将闭馆扩建，但愿历史能够给予曾被千百万人敬仰的人物一席之地。

世界第一个间谍博物馆坐落在列宁博物馆不远处。我们去了那里，同样是不大的展馆却门庭若市。随着网络时代的到来，旧式的间谍技术已走进历史。斯诺登与前辈们相比，因插上网络的翅膀如同超人般地所向披靡。那么，以后会是怎样呢，我想结果是地球上不再有秘密。

如同博物馆的另类，坦佩利的市容也很让我无法评价，高悬的一串串西装不是在晾晒而是像彩旗一样展示着某种意义。

紧赶慢赶，终于在午后三点半前赶到 Turku 的芬兰著名音乐家西贝柳斯（Sibelius，1865~1957）博物馆。音乐家生前的作品有 800 多部，

光是交响乐就有 8 部。在此我和米奇倾听了来自天堂的声音，在美妙的音符跳动中情不自禁地陶醉。音乐家美丽的夫人一直陪伴着他，直至 92 岁生命终结。米奇在离开博物馆前认真挑选了一份原版乐谱《仲夏之夜》留作纪念。那纸质乐谱已经很脆了。博物馆在向下层扩展。那座方形的玻璃房子将永远是音乐的天堂。

很幸运，在 Turku 城堡 6 点关门前我们赶到那里。门口那可爱的小男孩塑像和身后 16 世纪的古堡形成鲜明的时代界限。迈进那座固若金汤的散发古旧气息的暗宅，如同走进了芬兰的历史，我们以最快速度看了古堡的所有角落。真要看得透彻，一整天也怕不够呢。

适逢周末，我们在空无客人的餐馆中匆匆用餐后，驱车向赫尔辛基机场方向奔驰而去。道路依然如同世界末日一样空旷。

森林木屋的诱惑

（挪威）

野花环绕中的森林小木屋，一直藏在我的心灵深处。终于可以停下职业生涯的匆匆脚步，去寻觅心目中至高无上的精神乐园。我手提简单行李，飞往挪威，要去那里的密林深处寻找自己的小木屋。

其实我是错买了飞机票，本该直接去卑尔根的。于是将错就错，拖着准备在小木屋生活的行李，背着摄影包先飞到了奥斯陆。出了机场乘坐火车去城中心，结果又下错了火车。下错车，对我已是家常便饭，错都错了，索性看看沿途风光也好。这是春季的黄金周，街上热闹极了。我左手拖着行李，右手拿着问路用的地图，行走在陌生的街道上。眼前飘过许多稀罕的西洋景。比如满地爬的年轻人，吹大泡泡的艺人，街头乐队，身着民族盛装的挪威人……维京人后裔组成的民族真是有个性的快乐民族。

进城住下后，背着相机跑到街头，跳上观光巴士，一路看过去，对这个不大的城市有了初步印象。为了有更多的时间看更多的景致，我把吃饭的时间都省了，买了个挪威大热狗加一瓶矿泉水，依着岸边的栏杆，面对大海，三口两口填饱了肚子。此刻，我的身后开满春花，在春风中发一会儿呆，认真体会了一下“面朝大海春暖花开”的意境。海港城市与船脱不了干系，岸边的破船在一对漫步的情侣的陪衬下形象居然高大起来；还有那低矮的云，把破船衬托得不仅沧桑且悲壮。不远处，大水

雷摆在岸边，伴随着涛声，我闻到了这片水域海战时的火药味儿和血腥味儿。

这里的军港很开放，我晚到了一分钟，否则可以上舰看看。等车时

眯着眼四处看了看。车没来，却等来一群年轻的水兵，他们见我手中的相机很专业，摆出各种怪样子让我把他们收入镜头。欧洲大多数国家都有城堡，特别是北欧，城堡是争夺与反争夺、占领与反占领的历史符号，奥斯陆的城堡意味着很久前这里也有过血腥的厮杀。岸边泊着的船上有抽着烟斗的老船长 。我征求他的意见可否为他拍个照，他摸摸胡须笑着答应了，他说我看中了他的胡须。我笑答：是的，您的胡须真标准。

进入森林前，我用一天时间做了一个 Round Trip（乘火车——汽车——轮船——历史破火车——火车），目睹了峡湾的山，峡湾的水。在白雪皑皑的山中，有伴随着雄浑的音乐在大瀑布间翩翩起舞的红衣女妖，还有山水间五彩缤纷积木般的小房子，这一切，在我大脑那块始属于挪威的文件夹中存储。

登上观光轮船，开船前，我匆匆去餐厅买来简单的午餐，端到甲板上还没开始吃就引来了众多的海鸥。没办法，省下自己的口粮请客吧，脖子上挂着配有广角镜头的相机，只能一手喂鸟，一手对着它们按动快

门。之后看片，真有点后怕——那海鸟离我太近了！幸好我的眼睛没被鸟儿啄瞎。峡湾上的海鸥是一群被惯坏的鸟，看着人家吃饭，它们会张着火红的尖嘴对着人脸大叫，这情景，你不让出饭来，还有其他选择吗？就在这时，源源不断的鸟儿向我扑来，煞是壮观，但却是相当危险。

两岸的小村落一般只有 100 多居民的规模。去峡湾道路的险要是无法用语言形容的。下船在 Flam 村等候火车两个小时期间，我游遍了村中每一个角落。这只有 140 位居民的村里，小房子和庭院给我留下深刻而美好的印象。

一座小房子的后面溜达出 3 只黄色母鸡，鸡们的颜色和情调与这里的景色及小房子配极了。我绕了好大一圈来到屋后，鸡们却没了踪影。如果它们还在，我情愿匍匐在地上为它们拍写真。驾车来此度假者，可以在草坪上支起帐篷，帐篷大多是那种自动充气、不用打地脚的两室一厅型。他们的营地设备齐全，环境好极了。简约的小木屋前，我遇到了两名印巴男住客，征得同意，进到他们的屋里看了看，很洁净，只有两张床。我自由自在地游荡着，午饭被鸟打劫了，这会儿肚子咕咕叫着。

饥肠辘辘中走进一个有4个门的小房子的小院。小院弥漫着浓浓的天然艺术气息。每个屋小得只能容纳一张单人床。与这小屋相比，我将入驻的小木屋不知该有多狂野，多奢侈。相比之下，这里好比淑女的闺房一样温馨。秋冬时节，也许会另有一番独特的景色。

我坐在水边望着那一汪清清的峡湾水与青山绿地，感觉自己已经完全融入这美妙的风景画中。绿色的水中不时有皮划艇出现，更增添了峡湾动态的美。在峡湾激流涌动的时刻，敢于驾驶皮划艇驶入激流，那是需要勇气的。

我终于坐上了历史悠久的破火车，那条一个小时行程的铁路是历时70年时间凿通无数大山才开通的。中途车停了许久，是在等候对面火车开过，这条铁路是单行线。对面的火车上坐满邮轮上的乘客，他们玩儿完了正在返回邮轮的途中。破火车出此洞进彼洞，大部分时间都是在洞中穿行。

出租车载着我在崎岖险要的山路上七拐八拐，时而钻进狭窄的山洞，时而在紧贴岩壁螺旋形的没有护栏的弯路上攀行，我吓得几乎不敢睁眼，时刻准备跌入深渊。更恐怖的是，司机的GPS也找不到我提供的小木屋所在地。山间人迹稀少，我要去的木屋地址隐匿在没有邮编处、只有经纬度的密林深处。路的这边是陡峭的岩壁，路的那边是黑森森的密林。车在依偎着青苔丛生的岩壁的路边行停，到了！司机帮我提着行李，踩着青草丛生的小径向密林深处走去。此刻对我而言，内心中的胆怯感是有生以来的最高等级。只能听天由命了。庆幸事先把司机的车号和名字已发给了家人，胡思乱想中突然眼前一亮，是在梦境中吗？不，我真的走进闻名遐迩的挪威峡湾密林深处。几经通幽曲径，终于站在这座隐藏在密林深处的四面体的黄色小木屋前，从造型到颜色，它与我梦中多次出现的小房子一模一样。

初春时节，除了常青的松柏，其他植物都呈现出娇嫩的绿色，园中茸茸的青草地上开着娇小的黄色和紫色的野花。在如毯般的草坪上，粗糙的木制餐桌已铺上美丽的花桌布。我喜欢那不加修饰的粗糙，桌边还撑起与桌布同样花色的大阳伞，木台阶上的小茶桌也铺上了美丽的花布。我心中默默对木屋主人说，太奢侈了，原汁原味足矣。

当送我来的出租司机放下行李离开后，周围除了只闻其声的众多的鸟鸣，再没有人的声息。真的与世隔绝了。在信箱中摸出钥匙开门进屋，扫视着这木条打造的大积木一样的屋中的一切，舒适度比想象中要好一些，主人周到得让人感动，但坦率地讲，我还是认为现代元素有点打破了原本的朴实无华。其实，我本身也是有些叶公好龙的，真的回归自然，离开了现代化手段我则狼狈不堪了。墙角石头砌的采暖炉边，劈柴很规整地堆放在墙角，只需将它投放在炉中，再从小篮子里拿出超长的火柴一擦就可点燃炉火。我扫视了一下木屋四壁，还是为避免火灾而放弃了享受融融炉火带来的温暖。 我拉出奶白色的电暖器，插上电，接着打开水泵，水管中峡湾的水便汩汩流淌了出来。过滤后烧开，泡上一杯热茶，接下来沐浴更衣，然后坐在面对峡湾美景的沙发上，我的木屋生活开始了。

这里没有网络，没有电话，完全与世隔绝。阳台上架着电视卫星天

线，打开小电视，只有一个挪威语地方台。哦，在此我要独自一人生活4天。唯一能做的事情就是写字了。

小木屋完全由木板构成，为了防止冬天厚厚的积雪压塌屋顶，小屋被加工成尖顶。室内的一切都是木制的。厨房虽小，功能齐全。一楼小睡房一个人睡正好，旁边有个热水淋浴，水是从15米外的峡湾直接泵上来的。床对面木墙上钉着两张水彩画，在4天中的夜里，由于恐惧无法入睡时我总是盯着那画看，竟产生了对那种画风的兴趣。这里日照时间很长，每晚，午夜时分天才会黑，凌晨两点后天就亮了。我把在小屋阳台上看到的不同时刻的同样景色拍了照片，集合在一起，它们情景相同色彩各异。

在小木屋居住的日子里，我每天唯一做的就是辛勤笔耕，写着写着，肚子叫了，起身在钢精锅里倒上峡湾的水，放在多用迷你电炉上，里面放上些罐头蘑菇，切几片西红柿，我带来的青菜有限，要省点吃，打进一个鸡蛋，下进面条，听着咕嘟声，很享受的感觉倏然而至。嗯，计划生活很有味道。

什么都要计划，上厕所都得省。为防止排泄物污染峡湾，木屋中配有看似抽水马桶的东西。这家伙比一般马桶高，上面有一排指示灯，打开盖儿，里面是漏斗型密封舱，为了谨慎，我除看了墙上的说明，还特意读了住房指南中有关如厕的细节。马桶没有下水，桶下密封着一个抽屉，如厕前必须拿一个特制的纸袋放入漏斗，结束后盖上盖儿，按动电钮，轰响过后，载有污物的口袋被密封并推入抽屉。这时，锃明瓦亮的金属漏斗又恢复原型，一点异味都没溢出。这套如厕系统就是个大型密封的便盆。不省点行吗！万一口袋用完，抽屉装满咋办？我没敢继续看居住说明的有关便盆污物处理有关条例，望着恐怖的密封抽屉，尽管充满好奇，但实在没有勇气拉开看看里面密封污袋封严了没有。等走时再说吧，该我自己做的躲是躲不掉的。很快我就研究明白，我的顾虑是多余的，这看似不起眼的马桶是一套精致迷你的污物处理系统，大约二十几分钟，污物就被烤干、压缩成可以忽略不计的无味粉末了。

我的家人总说我是垃圾制造能手，各种纸巾，擦手的擦灰的、擦锅碗瓢盆的，最后发展到擦地都一律用带有消毒液的一次性纸巾。现在看来得改改了。为了环保。在大森林中的木屋里，该有的都有，唯独没有垃圾袋，这不是主人的疏忽，而是要让你自觉减少生活垃圾的产出。我深刻地反思自己以往的行为，很是惭愧，于是找出带来的手帕，准备以后用它擦手，晚上睡前洗干净。想着下山后一定多买几条手帕，回归儿时穿着别了小手帕的小围围，过排排坐吃果果的生活。

清早，考察了木屋专属的小码头，白色的小船泊在那里，我知道船桨就在门廊边。迷你码头是木头制造，屋里墙边有帆布躺椅，想必是钓鱼用的；救生衣就挂在衣钩上，防水毯整齐地叠在那里。前厅墙上挂着捞鱼的网，我带的钓竿还没装上，先试一下捞鱼吧。在水边拎着网等了半天，没有鱼来，只看见清澈见底的水草随着湍急河水的流向摇摆着身躯。远远望见河对岸的木屋顶，好像那里有人，真想喊一下，请他们划船过来喝茶。看来，要捕鱼一定要划船到水中央才会有收获。远在英国的儿子米奇不时发来信息，询问情况。自从离开英国，全靠这爱恨交织躲都躲不利索的现代通信技术，使我们母子间进行着国际间昂贵的短信交流。儿子在医院跟夜班，这是他难得的空闲；我在峡湾的密林深处，边守望日落边与孩子谈着很深刻的话题。之后写出了一篇寓意深刻的文章《天性与存在》。

天气好时，我喜欢把早饭放在对着峡湾的阳台上吃。每天的伙食没什么区别：红茶、面包、青菜、水果和鱼罐头。米奇的短信飞来，他的论文脱稿，一身轻松，此刻深深地被老妈森林小木屋的美好生活吸引，急不可耐地要在周末飞来小屋住住。

米奇：站在岸上把渔线甩出，飞钓肯定有鱼上钩。这几天没事，可以四周走走。

我：钓竿还没装上，要做的事太多，最放不下的事就是写字。

米奇：每天写累了就出去走走，过了这个村儿就没这个店儿的风景了。做饭的厨具全吗？需要我带什么？

我：知道知道，我现在忙得不亦乐乎，灵感来了挡都挡不住。有空一定出去拜访一下山坡上可爱的小山羊。你来可以带瓶酒，这里酒具全。

米奇：酒在机场免税店可以买。

我：远处对岸有一座小木屋，看不清，我们可以划小船过去看看，水急，不知这小船能行吗？

米奇：我带上望远镜，每天健身划船时可派上用场了。

我：来时包点烧烤调料。

米奇：准备好了。

外面鸟儿在不停地叫，天气晴好，下午太阳由屋后转到屋前，要等到夜里 11 点多天才会黑透，很遗憾，我看不到午夜的太阳就将离开这里了。每天写累了，就站在阳台上看峡湾景色，看不同时间色彩的改变，并认真拍下照片留作纪念。

这是小木屋中的第二个夜晚，十点半了天还亮着，只是没有了刺眼的光。没有挂窗帘，开亮地灯，我蜷缩在沙发中，盯着窗外的天、对面山岗上的树，还有峡湾中静静流淌的水，它流向逆转，风向变了。这是我此生最宁静的时光，没有电话，没有网络传来的提示声，没有收拾整理房间和做饭洗碗倒垃圾的需求，有的就是倾听外面风声和可能发生的奇异声响。夜 11 点，我走上阳台，对着远处林水上最后一抹柔美的晚霞按动了相机的快门。

本想外出走走，可惜下着蒙蒙细雨，饭后拿出主人准备的所有资料研究一下此地的名胜及民情；然后装上渔具，打开米奇为我准备的鱼饵

包装：仿真大肉虫，连汤带水飘着浓浓的鱼香。我笑了——人类真是鱼类的天敌。外面的雨淅淅沥沥下了一天。傍晚了，雨还越发大了起来，准备好的鱼竿就放在那里。山里实在是太偏僻了，天气不好，通讯也不畅通了起来，中午给米奇发了短信，告知午饭后去河边钓鱼。之后，米奇来过几个短信询问情况，我及时回复了。哪知我的短信都没有发进米奇手机，晚10点，米奇打来直拨电话，以为老妈被钓上的大鱼拉进河里，快急蒙了。

一直向往的木屋生活已经安全度过3天，坦率地说，真刺激。独居在远离人世的深山密林中，白天好说，坐在温馨的木屋里面对美景，听着鸟叫。安静产生写作灵感，内心中涌动着莫名其妙的激情，如清澈的溪水汩汩流出心田、化成文字。午夜来临，进入万籁俱寂的黑暗之中就不好玩儿了，我像一个被鬼故事吓着的孩子，躲进被窝中，露出亮晶晶的眼睛盯着那扇窗。心中情不自禁地构造着一个个花样翻新的恐怖情节，实在不行开亮床头灯，拿过笔记本，居然，一口气写完一个短篇小说《坎儿》，我不知这算不算小说，也不知道除我之外的人能否看得下去，但我还是喜欢称它为小说，是我的小说处女作。这是一个曾经从事工程科学研究者之手的小说。

这是我独居小屋的最后一天，明天米奇将乘早班飞机到达这里。接下来的几天就和儿子在一起了。又是全天的雨，中间停了一会儿，我抓紧时间下到码头，将挂着仿真肉虫的钩尽量远一点抛出，没有鱼漂，便将一个塑料袋吹起扎在线上。我静静盯着水面，水流极快。我焦急地等鱼上钩，吃了几天的鱼蟹罐头加面包，我已经怀疑是不是以后永远也不想这些东西了，但对鲜鱼汤我并不排斥，应该补补。这些天因为怕去厕所太多把那个自动化大马桶下面的抽屉装满，没敢喝太多水吃太多饭，严重营养不良。偏偏连下两天雨，如果这会儿有鱼上钩，我会马上回屋点 3 支蜡烛当香，拜拜挪威的洋菩萨，以表谢意。水面除了大风吹起的波，水下除了水草，周围除了绿水青山和我什么也没有。这时漂来了一只野鸭，这是我几天见到的唯一活物了，我小心地提起鱼钩，担心伤着不停地把头探入水下找鱼吃的鸭舌头。鸭很瘦，找了半天，没结果便飞走了。看来此地无鱼。此时我开始诅咒起这无鱼的清水了。在很远的水面上，出现了一叶小舟。在汹涌奔腾的激流上，那黄色小舟上的勇者身穿红色救生衣，看着他架着小舟沿着斜下的激流在我眼前闪过，那情景煞是好看。根本容不得细看，小舟已经消失在大山的拐角处。

现在我深刻地体会到民以食为天的道理了，饿着肚子如何谈风花雪月！为了吃饱，在这风光如画、水清无鱼之地，我倒情愿生出一汪满是鱼儿的浑水来，浑水才好摸鱼嘛，如果再继续独居在这里，我可能会像《甲方乙方》中的男方人公（葛优饰）一样，丢弃文人的体面，把水里漂来的瘦鸭子烤来吃了。米奇发来短信，作为医生助手，他刚刚完成一台骨科手术，告诉我所经历的血肉横飞的场面。据他描述，飞溅的血就像西瓜汁差不多。哎，这个小吃货，啥都和吃联系。

米奇到来的日子雨停了。天高云淡，我心情大好，出门迎接儿子。下山途中，碰到了大约 500 米以外的邻居。

接下来的日子，我和儿子按照房东提供的指南，自驾租来的车游览了挪威西部山区的山山水水，每天都走到 GPS 所能指示的路的尽头。

在晴好的天气，天空有一些云，心情会很爽。山路很窄，只能走过一辆车，一旦对面有车开来必须有一辆后退到路边的空地上，好让对方驶过。在路的尽头，米奇光脚站在水中试图钓鱼，但这个季节收获的只有失望。米奇告诉我，他体验了冰冷刺骨的感觉。周围没有人迹，光秃秃的岩石探到海中。休渔季节，所有码头都是静悄悄的，人呢？只看到一个来自立陶宛的小伙子顶着大风在水边垂钓，他来挪威，就是为钓鱼，可惜来错了时候。

终于遇到人群，而且是一大群人。当前是挪威国庆节，节日里，该地正在举行公路自行车赛。

沿着一条向西的路来到很特别的小石岛，上到被称作岛的巨大的长满植被的石头上。四周如世界末日般寂静，冬天有人会来这里吗？冬天这里是什么样呢？植被上开着小紫花，海水很浅，下面应该有礁石，在阳光照射下现出美好的土耳其绿。生命的力量如此顽强，岩石缝隙中也会聚集着绿色的生命。

一路上是看不尽的荒草、绿地、小村落。那里住着寂寞的维京人后裔。我们在加油站吃饭时，一位亚洲脸的女士与我们攀谈，原来是朝鲜人，她是从小被抱养的孤儿，不会朝鲜语，只会挪威语。一会儿她那挪威老丈夫有些腼腆地也坐了过来，他是位画家，他们像遇到亲人一样操着蹩脚的英文与我们攀谈。以前听说挪威人是非英语国家讲英语最好的，现在看来这是误传。我们看着寂寞的他们，几乎不忍离去，但必须在天黑前赶回小木屋，不得不挥别这对寂寞至极的夫妻。

小木屋主的机动船泊在远处的水域，我们本可以驾驶小船在海上看

看，遗憾的是屋主没有把船钥匙留下来。我们通过架在岩壁上的吊桥，走上了那只有一户人家的小岛。也许小岛人家除了打鱼，就是接待来此的游客，很多漂泊在水中的小船等待着客人的到来。能够走进挪威深处的人都是勇者，当然，我们也是其中之一。

据资料介绍，在大山深处的一个小村中有个博物馆，于是我们去找。沿途地势险要，道路难走，我们穿过十多座大山，最长的山洞有4.9公里。到达博物馆，静悄悄的，找人问了一下，不开馆。这是个纪念二战时地方游击队的博物馆，我们看到了当年游击队住过的房子。德国人来了，他们就躲进对面的大山。房子旁边，摆着当年德国人留下的汽油桶、水雷和被打下来的小飞机残骸。博物馆的对面有一排白色屋子，门前有一位耄耋老奶奶。我走近，想与她谈谈，希望她与当年抵抗武装有着某种联系。我坐在她身边，拉着她软软的手。孤独的老人眼里水汪汪的，她不停地说着我听不懂的挪威话，我发现她老得已经没有听力了。老人干净清爽，看得出年轻时也是有着倾城之貌的。在等待上天堂的日子里，她很安详。在老人的同意下，我进到她的房间。里面很干净，桌上的油

画是她的作品吗？我会长久地记得在挪威大山深处有这样一位柔弱孤独的老人。

木屋的生活是令人留恋的，我怀着深深的不舍离开了密林深处的小屋。第二天，屋主发来感谢信息，感谢我们临走时把房屋打扫得如此干净。

当驱车走出大山，融入都市，强烈的不适是无论如何也摆脱不掉的。仅仅拥抱自然一周，就与那深山中的青山绿水结下了不解之缘。

晚 9 点，在卑尔根登机返回伦敦。中午时分的卑尔根晴空万里，阳光下的卑尔根看上去很美，美得无可挑剔，而我的灵魂此刻还在大山中流连。为了适应一下阳光普照下的都市里熙熙攘攘、人流涌动的嘈杂，我们在一条相对僻静的地方找了个酒吧，坐在马路边玲珑的小桌边喝茶。这里有网络，当手机与网络接通的瞬间，我才真的回到人间。朋友的微信满是担心与问候，还有要报警找人的，我的心此刻装满了感动。

一周前我来过这里，那时郁金香还没盛开，紧包的花蕾展现着诱人的含蓄美，我认为那才是郁金香最美的阶段。此刻含蓄的美不见了，盛开的花瓣儿伸长脖子向上攒动着。我叹息了，花儿已进入了暮年。

小朋友就像阳光下五颜六色的花儿，让我顿足欣赏，美极了。孩子

们身上有着明显的维京人的特征，具体是什么特征，我也说不清楚，但他们的温顺可人是我能感觉到的，他们与冰岛的孩子们像极了。

我也像本地人一样，坐在水边的椅子上大晒洋洋。天气不冷不热，我穿了单风衣。而本地人却夸张地脱掉了几乎所有的衣服，曝晒太阳。我懂得，他们几乎终年不见天日。米奇说，欧洲白人的骨骼特征与亚洲人有很大不同，他们对钙的需求量更大一些，他们脱光衣服目空一切地大晒太阳，是生理需要。在我瑟瑟发抖的时候，他们还是一动不动地躺在草坪上。天空终于飘来了几朵白云，看上去比万里无云舒服许多。

是要跟挪威说再见的时候了。这是一个没有明显人文特征的国度。这里最使我心动不忘的是那大山中的小木屋。小木屋中承载着属于我自己的童话。

亚得里亚海边的红屋顶

（克罗地亚、波斯尼亚、黑山共和国）

亚得里亚海对我而言并不陌生，我曾伫立在意大利威尼斯的亚得里亚海边，倾听一位孤独忧郁的乐师用吉他弹唱着“Time To Say By”。那时我的心与乐师是相通的，也许他在对离去的恋人倾诉着眷恋，而我

却深陷在对倾情投入的职业生涯的取舍的纠结中，那如泣如诉的旋律至今还会在心底泛起涟漪。记忆中的亚得里亚海是灰蒙蒙的。

现在，我一身轻松地又一次伫立在地处克罗地亚蔚蓝的亚得里亚海边，彼岸的威尼斯还有忧郁的音乐人吗?

米奇利用在诊所实习的空当安排了这次休假旅行。能与已经成年的儿子做玩伴儿真乃人生一大幸事，在米奇眼中，我绝不是一般的老妈，而是和他步调一致的好朋友。我们每次结伴而行，双方都充满由衷的幸福感。经过协商，米奇做出妥协，他放弃携带挚爱的莱卡胶片相机，与我分享数码摄影器材。我们分工明确，一路上，我拍长焦，他拍中距，所以完整地记录了一路风情。

到达克罗地亚最美的海滨小城 Dubrovnik 机场，因为再有十几天才到达旅游旺季，目前机场空荡荡的，只有由伦敦开来的班机孤零零地停在跑道上。机场穿梭巴士载着我们向市区驶去。在去 Dubrovnik 的路上，我们开始了视觉盛宴。开满黄色小花的山崖，清澈见底的海水与海底的黄沙，在光合作用下显出美丽的土耳其绿，深海是一片蔚蓝，不远处时隐时现着形态各异的小岛……

此刻，我们已经开始陶醉其中了。虽手拖肩背旅行箱包，但傍晚柔美的光却使我们欲罢不能地腾出手来拍下了一路风景，将清澈见底的海水与海底的黄沙在光合作用下显出美丽的土耳其绿，还有匍匐在岩壁上的小花全部收入到镜头里。

海边的树长满花蕾。下周，当游客蜂拥而至时，鲜花绿叶交相辉映，想都能想出该是怎样的美。没有在最美的时节来此观光，自有我们的道理。一则米奇的时间安排使然，二则淡季消费价格低得让人膛目结舌，再则环境清爽，夜晚我们可以在空无人迹的酒店健身中心享受超贵宾的礼遇。反正一切都是那么完美。

晨光顺着窗帘缝隙挤进来，射在地毯上，现出一道黄色的光斑。运气真好，这是个晴朗的日子。餐厅中，服务人员穿戴考究，面带职业性微笑。我在餐台上选取了许多看来比较陌生的鱼酱，有的酸酸的，有的装在精致的铁盒中，再拿几块面包，把酱抹在面包上，很美味。我要了红茶，每早喝一壶热腾腾的红茶已成多年的习惯。还好，这里有英国早餐红茶。米奇为自己倒了一杯淡黄色的香槟，很体贴地请侍者为我煮一碗新鲜的麦片粥，还榨了两杯鲜橙汁。有儿子真好，有个做医生的儿子更好，此刻的我真是幸福得一塌糊涂。

酒店正举行一个学术会，就餐的人很多，在我眼前不时飘过穿着横平竖直职业装的人们。看着他们，我眼中居然透出几分迷茫。不久前，我也是这样，脚穿高跟鞋，身穿质地考究的套裙，配一条色彩适中的丝巾。除了穿戴，还要挺胸抬头收腹提臀目视前方，以显现出非凡的品位与修养，外加崇高的社会地位。此刻的我乃一看客，居然看出了喜剧效果。与会人员在这样山清水秀的地界，也许没有心情和精力欣赏大自然，而是努力挖掘一切可以利用的人力资源，互相说着没有灵魂的奉承话，尽量不虚此行。

我们几乎是迫不及待地冲上老城墙，俯视那片吸引我们来此的红屋顶。我们在想，若哪家独出心裁建一座带有蓝屋顶的房子会是怎样的情景呢？远处山崖上的城楼使我们不约而同地又一次想到了基度山伯爵。远在非洲的家兄在微信中知道喜欢到处乱窜的阿妹跑到克罗地亚，马上发问，那里不是在打仗吗？是的，15 年前的战争曾把这里炸成一片火海。因为原南斯拉夫的几个共和国闹独立，米勒舍维奇领导他的政府武装忍无可忍地发动了战争。炸也炸了，人家该独立也独立了，老米却因反人类罪进了海牙的监狱。战争过去，硝烟散尽，这里又是一片莺歌燕舞。战争的痕迹已经成为这座山城的人文景观。

随着科技的发展，地球似乎变得越来越小，在WiFi笼罩的天空下，人类可以与世界任何角落保持无距离联系。在抱怨隐私得不到保护的同时，人们在默默地享受着现代科技带来的便利。我随身带着三星和iPhone两个手机，可以随时拍下身边美景，并用微信发给远方的亲人和朋友，不只一个朋友回信发问，地球名山大川多得是，为啥跑到那个叫克罗地亚的地方？我回答，因为大家都不去，所以我去。其实这个理由是并不充分的。

地中海地区具有特色的彩色屋顶，一直深深吸引着我去探求屋顶下的秘密。我想看到生活在屋顶下的人们的生活，他们的信仰和那里的孩子们的笑脸。早在科索沃战争期间，我工作在南非纳塔尔工学院工业过程控制研究中心，中心主任乌拉德是我和米奇多年的朋友，他就是在战

火中逃离的塞尔维亚人。那时我和小米奇常去他家，他家的卫星电视里常常出现硝烟中的波黑战场，那时我们聊天的话题常常是他们故乡的故事。所以，那里的一切深深地在我们心中打下烙印，我们关注着那里的一切。终于，在米奇长大后，我们走进那片红屋顶之中。

站在高高的城墙上俯视着下面的一切，2 万居民小城的生活是恬静

安宁的。还有十多天就进入旅游季节，此刻来的游客都像我们一样，是不依靠旅行社由自己安排全部旅行的自由行者。橘红色的屋瓦很新，肯定是战后重新铺上去的，战争期间，这里曾是一片火海。城中有一所修道院，在城墙上我的长焦镜头扫到了在修道院后院整理菜地的年轻美丽的修女。我一贯喜欢修女的微笑，并对修女的神秘生活抱有好奇心，这个画面对我而言，真是宝贵极了。我的长焦镜头没有办法拍下巨大的棕榈树全貌，局部的树皮也很有周期鲜明的对称美。在城墙上发现了一个酒吧，我们坐下来小憩。米奇要了一杯 Dubrovnik 产的啤酒，我喝了一杯鲜橙汁。我们聊着，亚得里亚海风吹来，让人感到舒服。墙角那部旧收音机正播放着地中海风情音乐。

不知从什么时候开始，我喜欢在无干扰中发呆，发呆中大脑里仅存经历过的美好画面，自己会在奇特的色彩中得到放松，那种惬意是无法用语言和文字表达的。雨停了，我们立刻跑向索道，很快便到了山顶，可以俯视小城全貌。刚刚巡视过的小岛像一片水中落叶。在古城的窗前，我顿足发呆后，心满意足地离去，奔向码头。来到这依山傍海的古城，不下海走走岂不可惜。与米奇一同出游，我会情不自禁地忘却年龄，好在我常年坚持锻炼，保持了步履矫健的好体格。顺利登船，向海中神秘的小岛驶去。天阴了下来，小船在海上颠簸，我把相机 ISO 调到最大，极力把稳相机，捕捉一切有价值的画面。小岛上是无人居住的，在旅游季节，游船会带客人们登岛走走，而此时我们只能绕岛一周，对岛上神秘的密林和小屋行注目礼了，一切全凭想象。雨来了，我用衣服包住相机，人却有些瑟瑟发抖。好在船很快靠岸，我和米奇跑进岸边那个很有情调的餐厅，边避雨边吃饭。记得是喝了美味的热鱼汤。

不远处的村落，在山的衬托下现出诗意的美，只可惜没有袅袅的炊烟。山上的每一个角落都挤满美的元素，任你随意组合都可以形成色彩

协调的画面。那边的海与天呈现出界限分明的蓝，除了美，我还能说什么呢？

飘着白云的蓝天，远处的青山，山岭中的小径，山脚下的村落，还有脚下浓密的树林——完美的画面。我想，这样的画面清楚地表达了我对亚得里亚海边山城的基本印象。

山顶的一个满目疮痍的洞穴是城市战争纪念馆。这里曾经是抵抗组织的指挥部，那潮湿发霉的洞穴中陈列着战时民间武装用过的武器，洞里回旋着战时大炮轰鸣的录音。

回到地面上，闻到山城人们的生活的味道。随意便是美。窄长的阶梯胡同是这里的特色。

战后重建的老城街区很规范，门窗大小形状全都一样。苍茫的暮色中，回眸那抹最后的晚霞，心中满是走进黑夜的不情愿。米奇和我一样，希望能够有更多的时间栖身于这美好的古城中，享受在那完全不同的环

境中生活的快感。

我们决定回酒店修整一下，晚餐后去剧院欣赏交响乐。在古城的洁净光亮的石板路上，我们被一位高大英俊的大男孩拦住，向我们推荐他们家餐厅的海鲜晚餐。我们没好意思拒绝，随他去了餐厅。晚餐一般，但很贵。以后的几天，我们晚间路过此地都会看见这位男孩，我们就像熟人一样打着招呼，他没有再拉我们去吃饭。晚上的交响乐是由

Dubrovnik 乐团演出的，这是一个在中欧很有名的乐团，米奇说他们还去牛津演出过呢。剧场很古老，每周这里演出两次。因为有演出，在剧院门外点了篝火。座椅是一排排简易的折叠椅。来听音乐的大多是古城居民，坐满全部座位，还有一些人买了站票。对于一个只有 2 万人口的小城，这满员的 200 多个座位已经是盛况空前了。晚上演奏的曲目是勃拉姆斯的交响曲，这是在其他地方也可听到的。还有 DUBROVNIK 作曲家的作品，非常独特。乐队的指挥给我留下深刻印象，这是一个很有个性的热情奔放的男人。

我们在寂静清爽的环境中，尽情享受着旅游淡季的尾声带来的美好福利。以严密规划的方式，天上、地上、水中，在一天的时间里玩了个遍，时间精确到以分钟记。我们很晚才到下榻该地最好的依山傍水的酒店。清点一下全城的景色，无一死角。心目中，我们俨然成了当地的居民，对各个角落的风情特征、各个店铺的风味价格、主要景点的路径及开放时间已了如指掌。要留下 8 个小时的睡眠时间，明天我们预定了旅行社的汽车，去波斯尼亚旅行。

清晨，我们在餐厅匆忙吃了早饭。那些国际学术会的参加者还在这里，依旧西装革履，只是少了前一天的意气风发，回归了本色。门外旅行车等候在那里，是一辆奔驰中巴，司机很英俊。金发飘飘的美丽女导游笑容满面地迎候我们，因为波斯尼亚对克罗地亚而言是外国，我们交上护照，由导游统一办理出入境事宜。我们上车，与同行的旅伴打着招呼，那是6个美国人，还有来自日本的一家四口。美国人是热情奔放的；日本人则很安静，对同行者几乎视而不见。其实我认为还是放松一些更好，同一星球的生物，彼此多多关照嘛。

波斯尼亚是一个很贫穷但宗教色彩很浓的国家。当我们中途停车上山走进一个小村落时就感受到了浓重的伊斯兰味道。山峦依然重叠，水依然碧绿，但村中却看不到可爱的红屋顶。随着教堂的钟声，我们走进了说不上是村落还是教区的灰蒙蒙的屋群之中。

在这里，使我情不自禁地回忆起20年前在土耳其工作的日子。那时，

耳边每天都伴着钟声后的古兰经的咏颂声。这里的宗教肯定与土耳其的穆斯林有区别，但我不知这里属于哪个教派。进教堂是需要脱鞋的，这一点是相同的。除了教堂，在小村里没发现多少民宅，却又看到城堡。

当我们来到此行的终点 Mostar，看到的又是教堂的尖顶，听到的是那里发出的钟声。从建筑风格感觉，这不是伊斯兰教，而是某个教派的天主教堂。那尖顶是臆想中步入天堂的阶梯吧。

与克罗地亚的 Dubrovnik 不同，这里很多被战火摧毁的房子都原封不动地遍布于大街小巷，布满弹孔的废墟见证了当年战争的惨烈。房主大多移民海外，然而即便是废墟，也是有主人的。

正午不适合摄影，怎么拍也就是看个情节。若在傍晚晚霞中，古桥流水的美图会轻而易举地进入我那相机的磁卡。与故乡小桥流水人家的效果相比，这里会雄浑大气许多。在此不能久留，只能心中想想过过瘾

而已，我一直不喜欢有组织的观光，若不是这里山峦起伏，交通不便，环境莫测，我绝不采用这样的旅行方式。

在这里，我第一次遇到进入教堂需要买票的事。来都来了，2 欧元一张票，上顶楼还得外加 2 欧。望望细细的塔尖，想象着阴暗狭窄的旋梯，顿时感到很累，于是放弃上塔。那日本一家老小却雄赳赳地登顶了。他们不懂收钱人的话，于是一人只花 2 欧就爬了上去。我呢，感觉倒找钱也不上去了。我总觉着，贫困的波斯尼亚人要不是穷红了眼，是不会拿他们的上帝赚钱的，罪过呀！

溪间的水流淌着，水清澈透明，这里的人们就像水一样透明，他们过着不富有但无欲无求的生活。当地的导游充满敬意地对我们说，你们中这几位老太太（我是其中之一）能如此步履轻盈，毫无倦意，真是不可思议，本地的老太太刚过四十就挪不动了。

在古街上，我们吃了一顿饭。我要了一份烤鱼，米奇要了烤牛肉，我们还要了开胃菜。没想到我的盘中是好大的两条鱼，烤得外焦里嫩，外加好多配菜。米奇的大盘中堆满精心烹制的牛肉条，配上绿莹莹的青菜和黄莹莹的薯条，还有本地啤酒和饮料，我们努力吃也吃不完。结账时，店主只在我们递上的包括小费在内的钞票中拿了 20 欧，真便宜。我们把吃剩的食品打包带走。在返回集合地的路上，一个小姑娘轻轻地拉起我的衣襟，我回头看，她指着我臂弯中的食品袋，我立刻明白了她的意思，把袋子交到她手中。她高兴地跳着向远处跑去。

本地导游是旅行社特别聘任的，我想，除了小费，他们的收入是非常少的。分手时，那群美国人与他热情握手，对他的服务表示感谢，然后一毛不拔，摆着他们的大手没有愧意地离开；日本人则低着头溜得无影无踪；只有米奇将我们应付给他的劳动所得递到他的手上。在美国的餐馆里经常发生因顾客没交小费而被美国服务人员追到讨要的情景，还有日本人的90度大鞠躬，一直是这两个民族留在我印象中的标志性行为。如今，这些固有的印象有些被颠覆了。

在教堂的钟声里我们踏上归途。昏昏欲睡中，想的是酒店底层空无一人的冲浪池，还有上方闪烁着的不断变换颜色的像眨眼的星星一样的小灯。

这一天完全浸泡在伊斯兰灵魂洗礼的大浴缸中，在古兰经的韵律中，我好像找到了穆斯林群体能够安贫乐道、在穷乡僻壤中守着废墟，优哉地坐在茶馆中安然度日的那份坦然的源头。因为他们的主与他们同在，一切都是主的安排，这也许是一种合乎自然的理念。在茫茫宇宙中，站在地球上仰望苍穹，人与自然争高下很是可笑。也许这些干净整洁的穆斯林们才是智者，属于他们的土地上的一切都保持着与自然和谐的原汁原味。当我们回到现代社会的喧嚣中，置身于灰蒙蒙的雾霾笼罩的大气中，所有的器官保持着严阵以待的架势，对付来自同类算计的紧张中，回想起那份贫寒中的淡定，竟会悟出动人的美感与舒适。

我们旅行的最后目标是黑山共和国。在 Dubrovnik 山上远眺，可以看到黑蒙蒙的山脉绵延起伏，而真的走近那里，发现那山不论从哪个角度拍，都拍不出青山的效果，怎么看都是黑的，可惜了衬托山脉的绿水了。那黑山脚下的护城河水是深绿色的。

这里的建筑没有受到战争的破坏，据说，当年黑山的武装力量听从塞尔维亚政府指挥，让他们打谁就打谁，所以这个小共和国没有遭到政府军的炮火。这个国家的城堡和城墙到处可见。研究一下他们的历史，凭城堡一项就可断定，他们的前辈与打仗脱不了干系。用石头建造的民宅，其坚固性是不容置疑的。在悠长的历史长河中，不知这里是否发生过类似罗密欧与朱丽叶的凄美故事。黑山绿水间的春天已经来了，在蓝天白云下漫步，很是让人畅快。

这里是属于东正教的教堂，他们的标记比天主教的十字架多了一横。在教堂里我拍下了他们的主，还拍下教徒们排队亲吻他们的主的照片。出于对宗教的尊重与信仰，这些将存在我的磁卡中永不发表。同一

座城市中有宗教不同的教堂，黑灰色的山坡上还有一座修道院。很久以前，这里暴发了瘟疫，很多人在瘟疫中死去，无奈中上山去修道院祈祷，效果居然灵验。其实，抑制疾病的原因是坚持爬山、体质增强所致。港口泊着一艘古船，是用来看的。

吹着海风，我认真地吃完一盘烤得喷香的鱼。都说菜一来就拍照是傻透腔的行为，幸亏我也傻了一回，事先留住美味的模样，因为那盘菜真是鲜美。

看这水有多清，船底都看得清清楚楚了。谁说水清无鱼，仔细看看船底那是些啥！

我和米奇穿大街钻小巷，在有限的时间里游遍了全城，在美好的夕阳中，我们回到了 Dubrovnik。我和米奇对此地开始百般留恋起来。我们又最后一次进到古城，漫步在光滑的石板路上；最后一次站在亚得里

亚海边，在落日余晖中聆听海的呼吸；最后一次回顾这里硝烟弥漫的过去。

老城，我们会永远记得这几个日日夜夜，记住这里美丽的红屋顶、让人心潮澎湃的交响乐，还有海边清晨的鸟鸣。

在据说是世界排名第六浪漫的悬崖餐厅里，我们吃了在这里的最后一顿晚餐。

在一片宁静中，我们和大海一起进入了梦乡。

浸泡在地球的泪水中

（冰岛）

一、开篇

地球两极是我向往的地方，憧憬那里的原因只有两个字——清静。

在米舍履行老妈的职责，虽兢兢业业地顶着小家伊人的光环，可与儿子朝夕相处，说不幸福是假，那是国人世代相传的天伦之乐啊。但我一向有自己的主张，优化生命轨迹，该做的必须从容淡定且不留盲点地完成。米奇昨日离家去外地医院实习，今天一早我就背起行囊直奔机场，此行目的地是冰岛，在那片世界上污染最少的地球伤疤之处享受自己的清静。

此刻离登机还有半个小时，在机场餐厅我细嚼慢咽地吃了一个蔬菜比萨，然后打开电脑写些文字。

二、笑能力的复苏

至登机时起，我已完成由慈母到时尚行者的角色切换。细细品味独来独往的旅行中的感受，这是惬意无比的过程。最让我陶醉的是，可以在无干扰中任凭思绪如天马遨游。

瑞典航空小姐虽不漂亮，但她们发自内心的非职业笑容使我的心很快变得像融化的奶酪一样温软。在故乡，生活中看到的能够被称为笑的表情有很多种：处于窘困中无奈的苦笑、醉酒后肆无忌惮的灵魂出窍的嚎笑、藏着一脸伪善的讪笑、笑话引起的傻笑、面对亲人的微笑……唯独缺少面对陌生人的本能的微笑。一个社会中的所有成员，若具有对任何人微笑的本能，这个社会该多么暖。飞行过程中，像邻家姐姐一样的空姐笑盈盈地告诉大家，今天是一位乘机小伙子的生日。在空姐的带领下，全机乘客齐唱生日歌并向寿星小伙报以祝贺的掌声。我在这热烈的家庭般的气氛中陶醉着，感动着。这一切不就是我千里迢迢地赶往一个个别处去苦苦寻觅的东西吗？就在飞机上，我发现自己笑的能力在快速复苏，希望回到儿子身边时，我变成一个每天都笑盈盈的母亲。

三、在蓝湖体验地球悲情

对于任何去过冰岛或即将去冰岛的人来说，登陆那座最靠近北极圈的岛国若只做一件事，那就是去 Blue Lagoon（蓝湖）。在那座被发怒的地球迸发的岩浆摧残得已是千疮百孔的岛国的土地上，若要称火山爆发后留下的山顶湖泊中碧蓝清澈的水为地球的眼泪，那么称蓝湖中汩汩流淌着的淡蓝色的不透明的液体为地球母亲赋予人类的乳汁，则一点也不为过。

出发前，我对冰岛的人文地理等做足了功课，对蓝湖已没有任何神秘感，我甚至对那里失去了兴趣，猎奇的本能使我对没有文字记载的地方情有独钟。但大老远地来都来了，去那汪淡蓝色冒着热气的水中眯着眼睛发呆打盹，也应该是一种感官享受吧。走吧，别等了。酒店的旅行交通服务缜密得几近无懈可击，只提前几小时进行预定，届时，被称作 FLY BUS 的车就稳稳停在那里。钻进暖融融的车里，掏出 iphone，借着车上的无线网络，将所有必需的信息搜集出来装入大脑内存的缓冲区待查。对于在冰岛旅行交通方式的选取，我曾计划租车自驾行，但通过事先在网上调研发现，在这个天气不稳定的季节，如遇大风天驾车沿着环岛公路行驶，车窗经常会被风卷砂石击得粉碎，若没有两个以上高大健壮的男性旅伴同行，借我俩胆儿也不敢一意孤行。

驶往蓝湖途中，望着窗外火山爆发后的黑土地，心中默默揣摩，那绝不是肥沃的黑色，那土地看上去就像是一张长着核桃皮皱褶一样的老脸的老翁匍匐在那里。远处不时闪过一个个或许被称作小山的凸起，绝不是我调侃，分明感觉那不是山，而是地球受伤后留下的痈肿，指不定哪天会化脓，然后出头，症状如前。呸呸呸！这些念头想想都觉得不厚道。

冰岛的天就像婴儿的脸，刚刚还是蓝色，一早我曾与前台服务员探讨晚上出行看北极光事宜呢，这会儿就风雨交加了。但愿天黑前天空变成透明的湛蓝。下车时凄厉的寒风伴随着雨使我打着冷战，掏出iPhone，在淡淡的硫黄气味中对着地上黑漆漆的火山岩碎块儿构成的不真实的淡蓝色小溪拍了一些照片，幸亏没带相机，否则在风雨中手腕上勒着装有拖鞋、泳装和浴巾等物品的大包，手拿相机不仅没法拍出像样的照片，看上去还不免夹带些许装腔作势的尴尬。还好，在这弥漫着烟气的火山岩的世界里，用手机拍摄已足够了。

没舍得穿我的专业泳衣泡进满是矿物质的液体，临时穿了一件普通的黑色泳装。走出室外，适逢冬季寒风凛冽，我以最快的速度投入烟气弥漫的池中，定了定神，能见度也就是5米以内。此刻，在浓浓的迷雾中，泡在莫名的液体里，我无论如何没有游起来的欲望，只感觉身处莫测的彼岸。对面有人过来，离我已经很近了，我看到的是在不透明的浓汁上一跳一跳地长着白脸红唇的头颅，煞是诡异。这是一个满脸涂满白色岩泥的西方年轻人的脸。白色的火山岩泥具有强大的美容能力，我靠近岸边的木廊，伸手向下，轻易就可以掏出一捧，细腻柔滑。这里有明确规定，任何人不得把岩泥私自带出。装入小瓶的蓝湖岩泥被销往世界各地，其价格可是贵得惊人。

没想到我能以极大的耐心在温热的岩浆中躲清静长达3个小时。之后，我带着一身柔滑的轻松回到下榻的酒店；再然后，抱着小苹果躲在酒店大堂的一个角落里写下这些文字。

上楼睡吧，精彩的明天等着我呢。

四、雷克雅未克印象

在地球最北面的首都到处可以感受到浓重的宗教氛围。人类面对地球乃自茫茫宇宙，宗教的信仰也许是不二选择。

首都雷克亚未克首屈一指的名胜应该是大教堂了，这座历时 39 年建成的宏伟教堂的建筑设计几乎完美无瑕。在我眼里，那不仅仅是一座教堂，而是一尊精美的艺术雕塑。我先后 3 次去那里绕着教堂转圈，努力寻找最佳的拍摄角度，希望能够最有效地把建筑的灵魂与艺术融合在一幅简单的图像中。在网上可以发现一些雷克雅未克大教堂的照片，别人都拍正面，我感觉从后侧方拍教堂更能体现伟大建筑的魅力，特别是在黑云压顶的时刻，拍出的教堂更能体现整体沉稳的力度和刺破青天的宏伟与壮观。此刻，我甚至产生了一种无法颠覆的意念，那刺入云天

的尖顶就是通往彼岸的通道。我不由得想到了那边的父母。清明节到了，我不能去二老的墓前祭奠，就让我在这通往彼岸的桥上以默默眺望云天的方式送上女儿的刻骨思念。

在这里，邂逅了一户殷实人家，他们在此告别亲人。教堂内气氛很凝重，回荡着管风琴低沉的回声的安魂曲，好似来自天堂之音。向后转，天堂的音符从门廊里传出。

穿过教堂顶部的钟楼，上到教堂的最顶部，我把沉重的相机探出没安玻璃的狭窄小窗，拍下了神灵笼罩下的首都的真容。彩色屋顶的北欧风格是这里民宅结构特征的主基调。

海边矗立着此地的标志性雕塑，每一个来冰岛的人几乎都会在此留影。我问了许多人这雕塑背后的故事，没人给我答案。大多数人都认为这是一条古船的造型，而我怎么看都像是一条龙虾。我一向不喜欢旅行团，特别不喜欢导游的喋喋不休，此刻我倒是有点希望有个导游在身边了。

到达冰岛的第一天，在首都雷克雅未克的街道上清清静静、自由自在地闲逛一整天。在天鹅湖边，为了让美丽高贵的鹅们向我靠拢，我用面包向它们发出集结号，真灵。我遇到了一些非常可爱的同盟者，有耄耋老夫妻，还有可爱的孩子们，最小的是一位不到两岁的小姑娘，她经常忘记自己的责任，会把手中的鸭食面包送入自己的口中，后面的两只鸭窥视着时机，与她争夺手中尚存的口粮。她是个生活在本地的孩子，她妈妈和外婆就在旁边盯着后面虎视眈眈的鸭，一旦鸭们再靠近一步，她们就会冲上去。

本地的小学生们在老师的带领下路过这里，他们的眼神是无比清澈的，他们个个都是英俊少年，看上去阳光而温情。我经常看到年轻的爸爸在天鹅湖边带孩子，这时我有点怀疑这是个女权社会了。

火山石和烧焦的木头簇拥着宝贵的树，树根处花的色彩显示出热爱生活的冰岛人在美化家园方面是何等的独具匠心。10天里，我常在小道上散步，不远处的山是平头的，在随处可见火山的冰岛，平头山一般是爆发完的死火山，冒热气的，哪怕是冒热气的雪山都是随时可能爆发的活火山，那么这是哪种呢？

每天都有牛奶、豆浆、米浆等各种饮品，可以放心喝，都是有机的。

冰岛最著名的就是水，这可能是世界上最为洁净的饮用水了，直接由水管流出就可以喝。这水装瓶后没少出口，贵着呢。在市中心逛饿了，走进一家有几分小资情调的经营冰岛特色餐饮的餐馆，我要了一份特色荟萃，菜单上介绍说有马肉、鲨鱼肉等。菜被端上来，我用牙签扎起看上去最干净的大概是鲨鱼的小方块送入口中，刹那间一股强烈的氟利昂味道臭翻了我，伸脖子吞下这臭不可忍的被叫作鲨鱼的东西，等到将大量清水灌入食道后，我对冰岛特色饮食评头品足的能力才恢复过来。简而言之，不能对淳朴的冰岛人的饮食文化全盘否定，其菜品的色还够得上和谐，但味嘛，刺激性可达世界之最了。别说别人了，咱中国的臭豆腐

让冰岛人尝尝，怕是会臭得他们几天都翻不过来身吧。接下来的日子里，我只要饿了，首选肯定是青菜了，最多也就喝羊肉汤，吃些面包。

户外活动难免内急，急得晕头转向之际，从类似报亭上莫名其妙的冰岛文中看出玄机，走近，果然看到了门上的 WC 字样，可此亭没有门，只有一排按钮，按下第一个，门旋开，走进去自动关闭。心中有点忐忑，万一出门机关出问题我该怎样呼救？这里人少，没人听得见。不管它，既然进来了就得先把事儿办了。定神儿又发现一行字："使用此处最多 15 分钟。"我暗自嘟囔，莫不是冰岛人都没便秘的毛病。很快就解决了问题，手伸到墙上缺口处，先喷皂液，后是清水，最后烘干，完活。我四处打量，找不到冲水开关。时间到了，我满怀歉疚地挤出来，身后门随即旋上，这时里面传出哗哗的冲水声。这是我所见到的最迷你最自动最高效，也是最使人忐忑的公共厕所了。再补充一句，它是免费的。

不论到哪里，我都喜欢看墙和窗，门口墙上的门牌艺术也是很值得赞赏的。不得不赞叹，那创意独特的枯草造型棒极了！还有火山岩雕成的，掏空腹腔的人形雕塑似乎很有生命力。

在地球最北面的首都雷克雅未克，我悠闲地在坐落于天鹅湖畔的小区散步，享受到融入其中、体会别处的生活快感。

五、热泉与浮冰

晨曦初露，我已经乘上旅行车向遥远的地方驶去，把相机的 ISO 调到 1000，对着窗外抓拍被火山爆发洗礼过的荒凉的大地。那是一片冰火交融的大地，置身其中，获得的是完全有别于以往的风花雪月的感受，然后萌发出一种天然而又陌生的对于生命的淡然。地球的伤疤聚集在离

极地不远的地方，那从伤疤中不时喷涌出的热泉，似乎在努力提醒人类，在无边的宇宙中，地球不过是一粒微小的尘埃。

雪山上的火山口冒出的热泉缓缓流下，形成冰川。冰川上流下的浮

冰，在蓝天下的阳光中泛出幽蓝的光，一闪一闪的，煞是好看。洁净剔透的蓝色浮冰缓缓地顺流而下，流入大西洋。覆盖着冰雪的火山脚下，匍匐着火山爆发时从山上滚落的石头，这是冰岛大地最具有代表性的景

色。随处可见地下涌出的热流并汇成小溪，在蓝天下白雪的衬托中显出婀娜的曲线。

对面有遥远的火山爆发时轰击出的整齐的石墙，从散落在荒凉的大西洋岸边的物件可以看出，夏季这里有渔民劳作，海边焦黑的岩石栖息着众多的海鸟，这里的一切都留有火山爆发的印记。海浪围着焦黑的岩石打着旋儿，不时发出大于海浪拍岸的轰响。这峡谷曾经流淌过炙热的岩浆。露出水面的黑色岩石大概是在火山喷发时流入海中岩浆的堆积物。

海边黑色的奇特造型是水鸟们幸福的家园。一尘不染的黑色沙滩是地球上最著名的沙滩，在那里我随手拾起几个圆润的鹅卵石放在手中揉搓，手上没有灰尘。大西洋的波涛冲击着黑色的沙滩，涨潮了。

无风晴朗的日子，在火山爆发过的地方显示出别具一格的美。

途经偏远的村落，教堂依然神圣。车在此停下。我乘坐的车曾经过仅有 3 间小屋的村落，那里有一座最小的教堂，小到仅可以容一两个人进入。可惜车速太快，没有拍下来。与教堂配套的小屋，大概是人们忏悔用的。教堂后面的墓地，那里埋葬着为传播主的福音而奋斗到生命最后一息的教士。

围绕火山岩堆起的雕塑观察良久，寓意在哪里呢？

不久前火山爆发中遇难者们的遗留物赫然在目。

短短的 10 天，冰火交融中的生活转眼过去。在飞机上，我俯视着这片冰火大地，居然产生了留恋。对我来说，这里完成了我认识地球的启蒙。我向往着不远处的格陵兰岛，但愿再一次来，由此出发飞往那里，在那儿会见到北极光，通过太阳爆发出的彩色的光，与茫茫宇宙展开心灵对话。

我心中的外婆的澎湖湾

（中国台湾）

夜幕下，降落在台北桃园国际机场，飞机喇叭的告别曲竟然是《外婆的澎湖湾》，我居然有些泪眼婆娑了，这里是真正藏在我心底的外婆的澎湖湾。台北潮洲街，外婆的故居该是什么样呢？我来了，替离世已10年的母亲来了。

飞机还在天上飞着，就看到了灯火阑珊的台北此起彼伏的烟花。

西蒙千挑万选，把台北金库作为我们第一站的下榻之地。走进到处都能闻到黄金味道的阴森大院，定睛纵观全部，居然大喜过望，真是胜过桃花源的好去处啊。西蒙是下了功夫研究过的，这是个由金库改建的小资情调飘飘的酒店，住客大多是文艺青年，我居然喜欢这独特的风格，连早餐券都是一枚金币。杯子也是金色的，仿真大金砖到处都是。房间迷你可爱。我们决定一定要向打算访台的朋友推荐这里。

故宫在北京，宫中博物也多在水那一方。在台北国立故宫博物院，我圆了合二为一的愿，头脑中展现出中国建筑瑰宝和博大精深的宝物的统一。数不清的馆藏书法作品，用毛笔有板有眼地记录了曾经发生的一切，行云流水般的墨迹反射出古人们淡定的内心和超强的定力，还有皇帝的手谕："奉天承运，皇帝昭曰：……"皇帝的书法功底也让我不得不服呢。

我从古人那些造型奇特的雕塑作品中有点领悟了古代艺术家们奇异的作品造型的深刻内涵，"眼见并不为实"是物理学说得清的客观事实。因为人类视觉采集到的图像信息没有包括第四维空间的变形信息，所以，人类视觉得到的不完全三维信息才是变了形的不真实信息。这就是说，古代艺术家作品的奇异造型也许是超感知的。那么，当代艺术家的抽象思维和创意，也许有着离本真更近的深刻内涵。

士林官邸一直是我想去的地方，在那片已成国家文物的园林深处的并不豪华的别墅中，我似乎感觉到了蒋氏夫妇尚未远去的灵魂，从他们留下的书画遗作中可以看出，这是一对融为一体的夫妻。当然，并不仅仅是夫唱妇随，更多的是彼此发自内心的欣赏。在小岛上的亚热带园林中，他们生活了 26 年。

士林夜市是台北居民津津乐道的民间活动，我们当然不会错过深入其中体会一下的机会。好热闹呀，我们只是按照米奇的建议尝了一下大肠套小肠的味道；坐一坐地铁，很方便就回到了我们居住的金库。

在固若金汤的大金柜中，用两天时间便医治了我年轻时文青生活缺失症。心满意足地遛上街头，一路观望景观，时光似乎倒流到民国时期，人们安静认真地生活。忠孝小学门外整洁安静，围墙上学生们创作的壁画全部以“忠孝”二字为主题。路过佛堂，烟气森森中，僧人闭目跪地咏读我所未知的诗文。途中还路遇一位闭目化缘的僧人。

在有名的西门町步行街上走着，总觉得曾经来过，身旁的西蒙打着哈哈，说广东福建人真能干，在很多国家华人聚居地都建了唐人街。可不是嘛，走到哪里都是一样的街，气味儿都一样，因为街边摊儿锅中煲

着同样的汤。

小巷深处虽旧，但整洁，破而小的私宅错落，混杂于高大楼宇间，没有整齐划一却也安定平实。没费周折，我们就找到了外婆的故居所在地。邻居家的小宅仍坚守在那里，而外婆家的位置已建起高层公寓楼。原有的弄堂宽窄没变，保持着原来的格局。我站立在那里，想象着在轮船公司做总设计师的外公英年早逝后，外婆如何以柔弱之躯成就了带在身边的年幼的3个子女走向了世界。伫立在绿色的街牌下，缅怀着我的外婆，感谢她给予了我一位聪明睿智、坚强杰出的母亲。

本着深入本土生活的精神，我们离开小巷住进据说是世界十大著名酒店之一的台北圆山大饭店。

中西合壁的大堂飘着基督圣歌，挂满彩灯的巨大的圣诞树下，客人们很有兴致地在拍照。不少客人来自日本，西方游客也很多。最吸引我的是这里的建筑的结构，大红基色的柱与梁还有橙色翘檐儿是典型的中式建筑。这个在1973年完工的建筑，考虑了蒋氏夫妇在突发情况下避险，还专门修建了地下通道，这是让我最好奇的地方。饭店到处都在强调着蒋夫人的主题，壁上观，到处可以看到梅花图案，因为她喜欢画梅。哈哈，我喜欢画玫瑰，只能把自己的陋室的白墙画满红玫瑰啦！相信幸福指数肯定比想着挖地洞避险的蒋夫人要高很多。

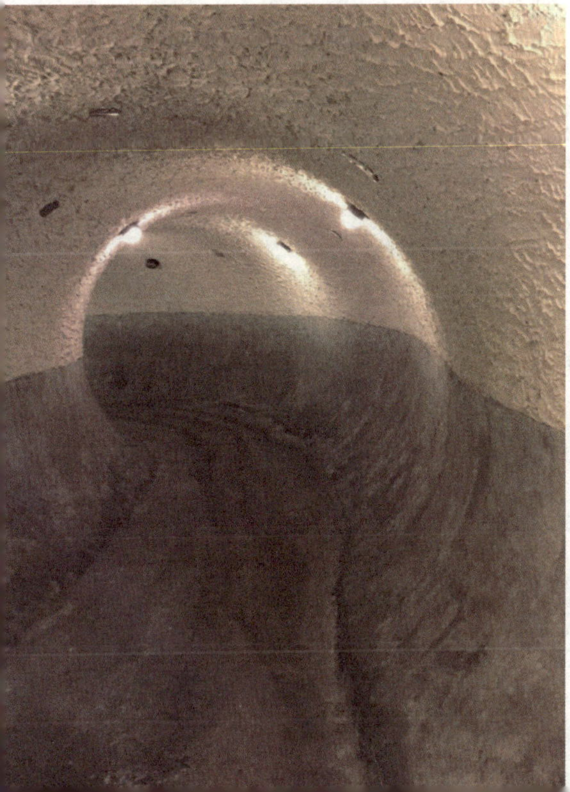

迷人的夜色里，在清凉的雨后气息中，散步后回房。躺在床上向阳台望，似乎自己下榻在紫禁城，没准儿会做一场帝王梦呢，主角是谁呢？蒋宅“士林官邸”之所见，色彩、家具和格局咋那么熟，像来过一样。嗯，想起来了，那不就是两个月前雨中探访过的庐山“美庐”吗？蒋氏夫妇努力在小岛上复制大陆上的环境，以慰藉背井离乡后落寞的心灵。

认真接地气。我拖着轱辘行李箱，无障碍地跑到台北火车站，一路东张西望，采集着有关外婆家有用或无用的信息。火车站里人很多，但不嘈杂，地面很干净，车站大厅没椅子，年轻人就坐在地上认真地吃饭。所有人都那么安静，鲜有见到举着手机旁若无人的自拍者。人们都埋头干自己的事。周围的一切让我收获了极度的安宁。一切都井井有条，人多不乱，从容登车。火车上也是一尘不染，这影响着我们，西蒙发现几个碎纸屑散落在地上，立刻弯腰拾起。

高铁载着我们离开台北南下。午后到了高雄——台湾最早建起的城市。从酒店窗口外望，这里美得一塌糊涂。这是个很好玩儿的地方，

风格与台北迥然不同，很西化的感觉，就连气味儿都与台北不同。这些年高雄的经济不景气，港口的仓库虽闲置却没废弃，那里成了艺术家的天堂。

夜色中回酒店，穿过中央公园的灯廊，美好的广场在闪烁的灯光中显得空旷，竟然没人在那里跳街舞，干净清爽的人行道上也没有暴走队招摇。

高雄的地铁站设计得独具匠心，集实用性、艺术性于一体。

终于来到垦丁。问司机这里的冬天冷吗，他笑答，现在不正是冬天吗？恳丁小，街边只有出租的小摩托，摩托迷你可爱，看着就想试试，一天租金 500 台币。这里的贝壳沙滩配上海水，在阳光的作用下现出令人心动的土耳其绿。远处的海水是深蓝色的。司机是本地人，黝黑的皮肤，纯朴的仪态，服务周到。他拎着树棍走在前面，为了打草惊蛇，不

断挥着棍子打击着周围的荒草。跟着他，我们穿过密林去看夕阳。太阳落下，起风了，我们还身穿夏装，自然有些瑟瑟发抖。

在酒店看到老人们演出的台湾民谣，有种挺特别的感觉。这里的年轻人大多离开了，留下来的是暮年老人。

在垦丁，沉浸在小家碧玉的暖流中，读读书，吃吃台湾清淡的小菜，在通向海滨的小路上散步，黄昏去买些稀罕的水果，领略不同味蕾被激活的快感。夜晚，坐在阳台上什么都不想，只为吹吹太平洋的海风。在垦丁的清爽之风中我还收获了感冒，瑟瑟发抖中告别了门前的水池的乌龟们，它们缓缓扭动着脖子，眨巴着眼睛，空布袋一样的四肢带动着爪子努力想站稳在湿滑的石块上。这一别肯定就是永远。

酒店舒适的中巴只载着我俩，在通往高雄左营地铁站两个半小时的路途中，西蒙和司机热聊着，我蜷缩在一边时不时地咳嗽着。西蒙与司机在很短时间内就成了心心相印的谈伴。到了高铁站，俩人别过，双方挥着手越离越远，只有我站在原地发着抖盯着车门，盯着那两个互相致意的男人。我有气无力地拍打后门，他们才想起来那大小两个红色的箱子还在车上。

走进车站了，我们还未定下一步的走向。西蒙是阿里山的超粉，来都来了，岂有不去之理。10天下来，他已受够了台湾小家碧玉式的情调，他认为只有阿里山才配得上他高大伟岸的身躯。扭头看看身旁被感冒折磨得楚楚可怜的我，大丈夫的本性立刻回归，他拿出手机订了高雄最高的84层酒店。走，不进山了，进城养病去。

出了车站，迎面走来一个身穿制服的高个子中年男子，一头修剪讲究的平头。坐进计程车才知道他是司机，他抢了前面另一家公司的生意。我注意执照上英俊的照片旁写着有趣的名字“陈先登”，我忍住咳嗽，夸了他的好名字。

临行前，好友安问我带药了吗，一旦伤风感冒没药哪成。我大大咧咧地应付着：急救包都带上了，里面应有尽有。其实我是对两人军人般的体格过于自信了。旅行未过半我就倒下了，亚热带气候冬季温暖适宜，谁让自己贪觉，在车中睡了个天昏地暗。西蒙为了让我睡得更透彻，打开了窗子，在垦丁微风的吹拂下我被击倒了。

返回高雄养病，住进高楼眺望，收入眼底的是雾霾中的城市。台湾人咋整的，在曾经辉煌的亚洲四小龙岁月中，怎么不想想环境保护问题呢？我们转移到空气质量相对好些的地方住下。打开救急包，小手电筒、呼叫救命的哨子、外伤处置的家什，应有尽有，就是没有治感冒发烧的药。西蒙外出买回体温计和药，接下来我就像在家一样安心休养了。据说，能够发烧说明身体好，这样可以收到清理体内毒素的意外效果。我满怀庆幸地忍受着病痛带来的不适，心安理得地接纳着西蒙无微不至的照顾。他像变戏法似的把各种陌生水果奉上，那种叫释迦的果子，是我吃过的最甜的水果。那果子很像佛主释迦牟尼的头上的小卷发。

大冬天的咋就这么热呢？也不知是虚的还是热的，我汗如雨下，一身湿透。泳池中偶尔漂着游泳的人，岸上的人也是摇着扇子。我在城楼上坐观台湾冬日奇景，想着这样一个问题：“咱东北的冬天好还是台湾的冬天好呢？”根据此刻的感受，我还是宁愿在东北的冰天雪地里多穿点衣服后再作玉树临风状，而不愿沉在台湾冬天的烈日炎炎中汗如雨下地期盼着太平洋吹来些许的风。为了把生病损失的体重找回来，我把吃当作首要任务，中午正餐：东坡肉、韭黄鳝鱼糊、干贝丝瓜、小笼汤包。服务员收拾餐桌时惊异于二老的好胃口，吃得好干净。此刻止都止不住又开始脑洞大开，想寻找释放能量的新出路了。

炎热的冬季，高雄湿腻缠身，无处躲藏。此刻我们终于住到了阿里山中。在阿里山上海拔 2200 多米的地方仰望星空，这里的星星真的比别处多呀，离天好近。

住进具有百年历史的阿里山宾馆，就像住进历史中。那间有老式留声机的咖啡厅飘出来“靡靡之音”、伴着咖啡及烤面包的香味儿，还有铺着紫红色台布的桌上那盏散发出幽暗橙光的小台灯……我被吸引过去，来了一大杯浓浓的红茶，在淼淼热气中想着心事儿、发呆。

一整天游遍了阿里山。穿行在千年古树之间，那三代同堂的植物都是挺拔着身躯向上。投向阳光，是森林植物的本能；适者生存，是宇宙间万物的法则。早期日本人来此开发，用台湾的人力和资源掠走的木材不计其数。采伐中也许考虑到台湾的子孙后代，还算是手下留情。现在阿里山的生态良好，古木参天。我想到不久前去过的神农架，心痛不已。

此行已近尾声，新的期待应该开始了。

最后漫步在古木参天的山路，向阿里山告别的时候到了。这一别也许是永远。世界如此之大，该去的该看的实在是太多了。概括起来，至今我到访过的名山大川中，阿里山像是一盆巨型盆景，它的玲珑细腻是其他大山无可比拟的。

下山车速太快，九曲十八弯的山路崎岖险要，我有生以来第一次晕车了。

别了，台湾，我心中外婆的澎湖湾。

寂静的阿岗昆

（加拿大）

眼看着多姿多彩的秋接近尾声，临时决定利用一天时间去惦记已久的阿岗昆走走。天气预报有时也是瞎话连篇，硬说这是个大晴天。我们倒是顶着太阳出门，去不远处加满油，然后朝60号公路方向开去。不久天就阴了下来。路不熟，GPS导航有时也要赖放懒，一个多小时才走上正道。天开始下雨，既然出来了就没有中途回返的习惯，行驶了250

公里到达阿岗昆东门。在细雨蒙蒙中，花 16$ 买了个停车许可，然后兴冲冲地驶进纵深 50 公里的自然保护区腹地。

走进旅行指南所说的河狸池塘，停车步行到密林的深处，只能从树上稀疏的彩色叶子上感受秋天的气息。在迷迷蒙蒙的林子中，原始地带的寂静很有几分诡异。蜘蛛网样的树枝就像埋藏着历史的洞穴，散发着发霉的味道。这情景会让进入的人欲罢不能地沿着不是路的路，像驴拉磨一样继续向前，直至绕完大圈回到原点。

那墨汁一样的湖水里并没有河狸的蛛丝马迹，在那千百年腐败枝叶酿造的黑液中，河狸能存活才怪！绕那黑潭一周，耗时一个半小时又回到原处。中途去服务区，有介绍阿岗昆的电影，因时间窘迫而放弃，急匆匆地将一份肉夹面包和一杯红茶塞进肚子，上车前眺望远处，光线的射入角并不理想，只能尽力拍一张照片，以证到此一游。

沿着贯穿景区的 60 号公路行进，见到岔路便开入，土路上没有尘土飞扬，只是弹起的石块把车敲击得噼啪作响。奉劝后来者，若不是美

术大师，千万别往土路上拐，小心爱车得上天花后遗症。不食人间烟火的画家们则一定要进去，否则错过这朦胧美景会遗恨终生。我拍照片的当口，几乎忘了自己是谁，误以为自己是资深画家，恨不得生出6只手立即涂抹画布。

我潇洒得如同表演醉拳，举着相机在寂静无人之境东一头西一头地乱撞，那无规无矩的枝枝岔岔被组合成或许被艺术家大赞的画面；而接地气之人看后，估计会产生被扎破眼皮的不良后果。

那几片残叶就像苦苦留春的妇人，不甘落入泥土的护春花，死死缠住自身难保几近枯竭的树干，摆出的造型居然有几分凄婉迷人。

在这寂静的林中，我居然能够放开五音缺失的喉咙高歌一首《故乡美》。

深秋的杂木林那一片肃杀的底色上，点缀着娇柔的橙黄和垂暮的无光泽的绿，在蜿蜒中蕴藏着的是依恋之情。

路尽头，隐匿的小屋给寂静的森林平添几分温馨，怀着浪漫的情怀走近一看，不过就是一间厕所，顿时从天上掉落人间。想想真是周到，吃着五谷杂粮这地儿岂能不去？

五彩缤纷的美景中，两位受欢迎的家伙出现，路上的车纷纷停下，行注目礼。人家恋人在亲热，你们这些狗仔队太没规矩。

这斯回头打算跟女友商量一下：咱们换个清静地儿呆呆。

我是一个忠于职守的狗仔队队员，回来与狗友仔细研究，这是野马还是野牛？看那大长脸、大嘴，像是一头年富力强的大野驴，不不不，请教高人得知，这是一种只有加拿大才有的动物，它的名字叫 Moose。

随即看到像极了在暴风雨到来前飞翔的海燕，其实，它是看到了我向上抛起的面包团。

给西蒙安排了活儿，拿着面包，手心向上别动。鸟儿看中了面包和拿面包的美手，一个俯冲。贪婪的鸟儿，吃着嘴里的，看着手里的，天下动物都一样。

都说有红月亮，归途中看到，赶紧下车拍下，只可惜拍到的月亮缺了一块儿。途经的其他车辆也停下，问需不需要帮助。

此刻夜已深，离家还有 50 公里。

林中小屋

（英国）

我就好比一只奋力搏击后登上沧海彼岸的大鸟，揣着数不清的故事，载着对新生活的憧憬，与喧嚣的世界渐行渐远，终于走进了清新恬静的乐园。回眸望去，那些尚未远去的记忆已然敷上了一层色彩斑斓的薄雾，掺杂着暗淡与辉煌的往事，化为柔情与悲壮并存的老城旧事，留待在不寐的夜中慢慢咀嚼，享受其中酸甜苦辣的滋味。

林中小屋，是我从幼年至今心中极致美好生活之所在，随着阅历及年龄的增长，其中的内涵也在不断添加新的内容。我一直在寻觅林中小屋真实的模型。2013 年夏天，我住进了英国牛津郡密林中的一栋白色小屋。

之前在电话与主人联系住处时，从声音就听得出温婉妇人迷人的味道，我询问需不需要身份验证及银行担保，回答是：全不需要。那天傍晚，我们拖着行李来到这栋密林中的白色小屋，穿着考究、透着优雅的耄耋老妇在晚霞中站在小屋那爬满绿色藤萝的门廊中迎接我们。见面伊始，就使我感到这是一位有不凡经历的老者，她身上有一种吸引我的元素，那是一种掺杂着历史沉淀的文学与艺术修养的强大气场。她的身躯是挺拔的，没有因缺钙而佝偻；她的颈项是笔直的，没有因孤独老矣而低垂；她的拖地长裙衬托着瘦弱的身躯。我情不自禁地联想，她年轻

时的身材该是怎样的婀娜。

老夫人不需要我们支付任何押金和展示护照就把全部钥匙交给了我

们。在她的引领下，我们走进了这栋没有电话没有网络的小房子。在未来几天中，这里就是我们的家。在弥漫着淡淡花香的室内，我们感受到浓重的文化氛围。走廊里、楼梯上甚至房间中的床头上，到处都可以看到摆满书籍的书架，那是主人的藏书。每个书架旁都摆放着舒适的座椅和茶几。我翻阅了这些书，有很多是摄影家的画册和游记。

实际上这里是老夫人的私宅，墙上挂着家庭的生活照和夫人的画作。老夫人的先生是一位十分英俊儒雅的英国绅士，年轻时老夫人美如天人，如今先生已经去了彼岸，孩子们都长大成人有了自己的家，只有在周末儿孙们才会来此相聚，与夫人共进午餐。在等待上天堂的日子里，老夫人一如既往地经营着她的生活，演绎着优雅的人生喜剧的最后一幕故事。

儿孙们成长的过程像一本本有趣的小书摆放在那里，陪伴着老夫人。每天由园中采来小花，这是老夫人心中美丽的花园。

清晨，我们享用夫人烹制的早餐。西蒙早晨喜欢喝黑咖啡，我习惯喝红茶。为了不给夫人添麻烦，我们请夫人为我俩泡一大壶红茶。夫人在厨房忙着，我坐下在那架音质很好的旧式钢琴上弹了一首《梁祝》，后面传来夫人的掌声，我有点不好意思了。早餐后，夫人常坐在厨房的木桌上戴着老花镜看书读报，那碎花长裙飘逸地散落在洁净的木质地板上。透过餐桌前的窗，可以看到色彩鲜艳的日本红枫，园中的一切独具匠心，色彩、造型设计得恰到好处。

园中开满了各式野花的草地朴实得让人情不自禁地想躺下睡去，估计彩色平和的梦会立刻光顾你的灵魂。院子很大，还有条小溪，潺潺流水声和鸟鸣是密林晨曲的主旋律。

几天的时间很快过去，怀着留恋之情向夫人告别时，我发现她的眼中分明闪着不舍的柔情。我知道，夫人在家接待我们不是因为缺钱，而是以这种方式保持着与社会的沟通。她是生命的强者。但愿我们再次来此，她仍然能够优雅地站在藤萝下迎接我们。

巡游记

（加纳利群岛）

一、出发

很久前就与米奇约定，在 2011 年圣诞假期去遥远的加纳利群岛晒太阳。我如约来到了小城牛津与儿子汇合。就像年轻时的我一样，米奇

仍在夜以继日地忙着，忙着。

平日里，医学院的课程和临床占据了米奇的全部时间。放假了，米奇终于有时间完成计划已久的一篇学术论文，实验结果已经获得。为了在旅途中能够完成论文的编辑，我与他一同去实验室取资料。那是产生很多世界级科研成果的肿瘤研究中心，这里诞生过若干诺贝尔获奖者。米奇就在这里度过无数不眠之夜，那双灵巧的手在键盘上的敲击声对我而言，是最动听的小夜曲。

冬日里的牛津城每天的日照时间仅有六个多小时，早八点半才笼罩在晨曦的弱光中。我们将在南开普敦港登船，经英吉利海峡驶入大西洋，一直向南，直至接近北非大陆的南半球，我们将穿越冬季进入夏天。换季服装问题还不大，我们登上的邮轮完全是英国皇家风格，带齐各式礼服对我们就有难度了。忙乱中，我在行李中放进了米奇的正装及领带，却忘记带上能够配上色的袖扣及领花；而我，除了临时塞进去的几件夏

季休闲装，连一件像样的晚礼服都没带，索性爱谁谁。好在我们可以在正装晚餐时去自助餐厅就餐，也饿不着。

中午到达港口时，从四面八方涌来的游客已经开始登船，看着他们拖着一堆堆大小行李，与他们相比，我们的行李肯定是最重的，因为行李中除了两套手提电脑和两套摄影装备外还有好多学术参考资料。码头上，我们把行李绑上标签注明仓位，交给码头工作人员后，就带着简单的提包登上了 12 万吨级能够携带 3000 名游客、1000 多名服务人员的皇家独立号邮轮。仰望这艘庞然大物，不觉想到电影《2012》中的诺亚方舟。

2008 年夏天，我与米奇乘坐嘉年华勇士号邮轮，在美国迈阿密港登船前往加勒比海旅行，我们已经积累了很丰富的经验。所以，一上船我们就去 5 层服务中心搜取有用的信息，然后从长计议。儿子就像我的领队，我倚老卖老地甘当甩手大掌柜。不操心不管事的感觉真好。船舱还没收拾好，我们穿插在巨轮各层，熟悉着将生活 12 天的临时海上城池。在船的中部是一条繁华的大街，柔和的灯光把不见天日的巨大空间照得通明，道路两边有各种店铺及酒吧和咖啡厅。一切都是那么英国化，酒吧门外排放着室外桌凳，供游客们在此找到在英国街头喝着啤酒消磨时间的休闲感觉。中间悬空的过道将是船上大型活动的舞台。

一个三层楼高的圣诞树伫立在那里，上面挂满了比人头还大的饰物，柔柔的圣歌在暖色的灯影中催生出浓重的节日感。在街的顶头是面向船尾的方向，那里是人们休闲喝茶和眺望街景的地方，图书馆和网吧就在那里。街两侧的楼上是一间间内舱，街上有一间不免费的冰激凌店，因为招牌挡住楼上客舱的光线，作为补偿提供给那个舱中游客免费冰激凌的待遇。这里的一切都是那样细腻而有条不紊，因为有着经营管理不错的系统工程。

一上船，米奇就到处找理发店。大忙人米奇的头发实在长得惨不忍睹啦！嘿，还真有一家，预约的时间是晚上 6 点。晚上我们如约而至。那是一间很奇特的理发店。墙上的壁画，使我们有一种回到二战时期的感觉，也许是那中规中矩的旧式发型所致，当代人谁还是那样的发型。那家理发店里的工作人员来自马其顿，女理发师真是超人，抓起米奇黝黑的头发像割庄稼一样三下五除二就收割完毕，其间不忘东张西望寻找新奇的西洋景。刀下的米奇想抗议，可惜这位女侠听不懂英文，试试法文也是徒劳。无奈之下米奇只有听凭宰割，默默给自己立下底线——脑袋不掉就行。还好，仅落下一地黑发。满头轻松的米奇晃晃幸存的大脑袋问我效果如何，我安慰他不错，帅呆啦，后又补充一句，半个月后你顶着帅头回牛津与朋友聚会，不知会引来多少妹儿的青睐呢。

那街上居然还有名车展示，在街上试开一下应该没有太大问题。爱车的米奇围着迷你小车转了一圈又一圈，结论是：这玩意看着玩儿行。

站在船头5层船街向上仰望，我又一次想到了海神号豪华的大厅。

七拐八拐，我们进了船上的小剧场，一些老年游客淡定地坐在那里等候着什么。看见他们就想，我们一出生不就一直在等待吗？先是饿了等待妈妈喂，然后等着长大上学，其间等待放假，等待出差的妈妈带着礼物回来，等待过年，等待学校录取通知，等待出国签证，等待面试成功获得好的职位，等待……等来了退休，等来了耄耋岁月，在等待上天堂的日子里继续等待着，等待着……与其被动地等待，不如动起来，

用活力激发生活的热情，这热情之火蒸腾出的汁液把内心中情感的小溪盛满，于是，喷发出人人向往的叫作幸福的东西。

上到12层甲板，好一派海阔天空。那长长的跑道在陆地也并不多见。

4层甲板离海很近了。接下来的日子里，我和米奇经常跑到这里倾听海的呼吸。

在第十层甲板上，有点像飞碟的造型，在那里可以直视蓝天，感受碧海蓝天的温泉冲浪浴。冲浪浴中咕嘟嘟地冒着热气腾腾的泡，我和米奇都是游泳爱好者，并不介意在众目睽睽下换上泳装下到池中，但这里除了顶部和半边的玻璃，实际上是露天的，身穿羽绒服围着毛围巾的我们还是打消了下水的冲动。

这里三点半就进入了黄昏。落日的余晖中，我与米奇流连在温柔灯光中的9层露天游乐场。我们盘算着，那绿色的泳池小是小了点，健身一下还是可以的。此刻圆形的温水冲浪浴池在寒风中蒸腾着热气。

5点多钟，南开普敦港已经笼罩在夜色中。起风了，我们站在甲板上等候启航时刻的到来，只有在这一刻，我和米奇才身心放松地感受到母子团聚时刻的到来。我感到身边的米奇又回到童年，他那顽皮的表情又回到了那张在我眼里永远长不大的脸上。我相信，此刻的米奇也又一次投入到无比温馨的享受母爱的氛围中。

忽然，一声震耳欲聋的汽笛把我们吓得跳了起来——开船了。

二、沐浴在西班牙 Vigo 的清风里

一夜功夫，邮轮载着我们由严冬进入微风和煦、地处欧洲南部的西

班牙港口城市 Vigo。经过 9 层甲板的水上娱乐场时我们发现，昨天还空无一人的泳池已经泡了很多人。池边的太阳椅上稀稀拉拉地躺了一些晒太阳的人。早餐后，我们各自带上相机优哉游哉地上岸，漫无目的地在

陌生的小城游走起来。

邮轮的到来，为这寂静的小城带来了一片生机。港口不是很大，由那静静地泊在那里的小艇可以感受到欧元区的萧条。我没法由街头人们的表情判断他们的幸福指数是多少。建筑的装饰可以明确地表达海港城市的特征，灰红搭配，我喜欢这个色调。活灵活现的假奶牛被像模像样地拴在树上，看到这情景，我很想喝一杯鲜奶。都说本地人很懒，不管你信不信，现在我信了，大中午的还紧闭门窗。到处是很旧的民房。从严格分类的垃圾回收习惯和打理得一尘不染的垃圾箱可以看出，当地人的素质还是比较高的。看来这里的犯罪率不高，因为警察局前很清静。巡警们开出摩托转了一圈又一圈，也没抓到什么坏人。

邮轮上的大部分游客都逗留在船上晒太阳，游泳池中开始泡进一些不怕冷的人。出入港的人寥寥无几。在船上我见过许多老夫妻，他们携手走过漫长人生路，夕阳下显现出的那份安然，深深地感动着我。

上到船顶俯视 Vigo 完全是另外的样子，可以看到寂静港湾的美好画面。甲板上有很多躺在阳光下的人，其实，Vigo 并没有暖到使人可以穿成那样晒太阳。在温热的冲浪浴中的人大都是孩子。刚刚离开欧洲大

陆，温度还很低，喜爱运动的人们便迫不及待地开始了五花八门的运动，冲浪是极具特色的运动之一。我抓拍到的这位冲浪者的性别比较模糊，在以后的几天中，我发现她居然是一位并不比我年轻的老妇人。在离开大西洋南部海域进入冬季的英吉利海峡的夜晚，我身穿羽绒服围着毛围巾散步经过船顶的冲浪场时，看见她还在光着脚穿着这样的衣服水淋淋地在那里，并和她的孙子们以这种姿态快活着。在离船前一天下午，我在攀援场最后一次见到穿着普通衣服的她，这位不凡的冲浪爱好者在攀援运动中也是身手不凡。她身手矫健，我几乎怀疑她是蝙蝠侠托生的怪物。同样是人，这差距咋这么大呢。

在大西洋上攀援很是刺激，没有一定体力，肯定会被腰上的绳子挂在空中随着大西洋海风摇晃，然后被工作人员用滑轮慢慢放下来。全部参与挑战的人都希望自己能够摇响顶部的铃铛，然后在下面观看者的喝彩中缓缓落下。邮轮上的高尔夫球场很受老年人的青睐。一对夕阳中享

受生活的老夫妻聚精会神地玩着船上高尔夫，那份恬静真让我羡慕，祈求上帝也能让我有一天走进金色的夕阳。我和米奇也试了一下船上的高尔夫，真是好玩儿得不得了呢。

傍晚，我们来到船头看日落，同时等待开船时刻的到来。我喜欢那感觉，喜欢看夕阳中留恋阳光的人们的背影。年轻时，一位朋友为我的小家画了一幅油画，几乎与这个画面一样。

三、里斯本印象

独立号静静地驶进葡萄牙首都里斯本港，这是世界为数不多的建造在国家首都的港口。此刻太阳还没升起，我仍沉浸在美妙的深睡眠中。晨曦初露，床头的电话铃声响起，我努力睁开惺忪的睡眼，伸手扭亮台

灯，为送早餐的服务员开了门。昨夜，米奇在房间的电视机上预订的早餐很丰盛，有各式面包、无糖果酱和酸奶，每人一盘切好的各种水果。米奇的盘中有香肠、煎五花肉和炒蛋。为了健康，我只能看看儿子那令人垂涎的盘中餐，吞下一碗无味儿的脱脂奶浸泡的掺杂着干果的麦片和无糖酸奶。此刻，我很后悔年轻时没有肆无忌惮地享用各式美味。

早餐过后，我们提着相机冲上甲板，看里斯本港的日出。万里无云，随着太阳浮出海面，海的颜色开始发生魔术般的变化，由深蓝变得蔚蓝。寂静的海面上密集的小波纹在朝霞的映照下，呈现出粼粼的橘色波光，远方天际的暗红色光晕奇迹般地蔓延着，颜色逐渐变淡。海鸟围着远方开来的巨轮鸣叫着，仔细观察，鸟儿们也是有表情的，它们瞪着充满好奇的小圆眼睛，时不时扭动着小脑袋向巨轮的大玻璃窗内眺望。有人将面包投向它们，精灵们上下翻飞着，争先恐后地享用着早餐。离船头不远处是一座2.4公里长的大桥，这座大桥有一个非常奇怪的名字——四月二十五日桥。这名字是为纪念1974年4月25日葡萄牙国庆而命名

的。此时，四月二十五日桥在朝霞中挺拔的英姿在我的相机中留下了光影，这将在我的心中作为葡萄牙的象征而永存。晨光中的四月二十五日桥，从桥那面的带有十字架的纪念碑可以感受到这是一个信奉基督教的国度。

我们预订了去海滨和参观作为世界遗产的葡萄牙皇宫的旅行项目，在一位带有夸张表情的红衣导游的带领下，我们乘上等候在港口的旅行大巴。大巴沿海岸线行走的过程中，导游如数家珍地介绍着葡萄牙的历史和现状，从导游身上，可以体会到葡萄牙人与众不同的风格。从导游客观的介绍中能够感受到真实的葡萄牙。过去的总统府及国防部坐落在美丽的海滨，那里已经成为见证历史的博物馆。海滨有一座坚固的石头院落，那里是弗朗哥时期的兵营。院落前面有一块绿茵，导游告诉我们，刚刚死去的卡扎菲曾经访问过这里，访问期间住在那片绿茵上支起的一片帐篷中。我不自觉地把卡扎菲与沙漠中长期跋涉的骆驼联系起来，那头老骆驼倒毙在没有人烟的沙漠深处，一副空洞的骨架孤独地蜷伏在

烈日暴晒下的沙丘上。我和米奇很自然地感慨了一番。

在海滨尽头的一个广场，我们下车自由观光。那片小小的海滩上铺着一层细细的黄沙，看得出来是人工铺就的。小沙滩上摆放着用于装饰而倒扣的破船，海鸟们没有嫌弃人工雕琢的虚假，大摇大摆地在海滩上踱着方步。远处的渔民们忙着自己的生计，密集的渔船整齐地泊在那里。我和米奇在海滨优哉游哉地走了一遭，岸边古旧的破墙留在我的记忆里。道路两边刚刚种上了小草，隆冬季节，小草旁居然开着淡雅的小红花，也难怪，地处欧洲南部的葡萄牙很难见到冰雪覆盖的冬景，这里四季随处可见充满生机的绿色。街上人很少，已接近中午，店铺都还关闭着，仅有少数锻炼的人在路上跑过。导游告诉我们，葡萄牙本地人很懒，每天大部分时间都躲在家里睡觉，上午锻炼的人大都来自欧洲其他国家，他们为这个国家带来了生机。

在这片海滨逗留的短暂时光，留给我的印象很难用语言表达。非常奇怪，在我的脑海里，童年时非常喜爱的菜心娃娃的形象居然与这里的

形象相吻合，特别是菜心娃娃胖脸蛋上一颗颗小雀斑，成为我难以忘怀她的理由而顽固地留在我的记忆中。于是我深信，用夸张的丑修饰出让人难以忘怀的可爱来形容这个国家是十分恰当的。

沿着海滨公路，我们到达葡萄牙王宫博物馆。进门的那一刻，我便置身于 15 世纪的悠远故事中。我们没有按照正常的参观路线走，而是贴着斑驳的破墙沿着陡峭狭窄的阶梯慢慢地攀越着，想象着这里当年浮华背后的凄惨。我们深刻地感觉到了建造早期宫殿的非洲穆斯林摩尔人那夹杂着粗犷的细腻。在斑驳的墙上残留着当年摩尔女人的倩影，从女人黑色的脸上可以认定她们是非洲血统。摩尔人在王宫中统治这块土地 400 年后，被忠诚于天主教的君主带领臣民赶出这片土地。我真正领教了宗教的威力。

我发现，这里的君主并不幸福，因为他曾因过失在一个小房间中被囚禁了整整 9 年，房间仍保留着原来的模样，一张小床，一张小桌，一扇小窗，透过小窗可以看到本应由他统治的土地。

在王宫，我们看到各国文化对葡萄牙的影响。在浸满浓郁阿拉伯情调的房间里可以感受到西非人的气息。在散发着浓重艺术气息的旋转楼梯上，我居然感觉到英式建筑结构的厚重。

西班牙懒人多，街上那个戴着墨镜仰脸望天的乞讨者肯定是假盲人，他手持的盲人手杖百分之百是道具，黑眼镜下一双贼溜溜的小眼睛肯定闪着贪婪之光。这位把自己穿得人五人六的壮汉享受着日光浴，顺便乞讨些碎银子，一点都不付出辛苦就可以讨生计，美死他了。米奇给我讲他在罗马参观教堂时的事情：在那里他看到一个匍匐在泥水地上的可怜妇人，作为一个学生，尽管平时生活很节俭，但还是忍不住给老妇了5欧元，他的同学曾劝他别给，说她肯定是个骗子，善良的米奇还是满怀怜悯之心把钱给了那个脏兮兮的妇人。可他们还没走远，就看到有人把那老妇人接到车上，拉到不远处沐浴更衣，临走还回头给了米奇一个胜利者的坏笑。

我们边走边看到了小巷居民的孩子们，征得他们的同意，我按动快门，为他们照了一张相。

一大早出门，旅行社安排的项目中午就结束了，我们被送回船上，

众多人都在甲板上尽情享受在英国难见的日光浴。带玻璃顶的冲浪浴池中泡满了大胖子男男女女，有的泡在水里还悠闲无比地捧着小说，喝着红酒，但我以为，那氛围不一定会给人以愉悦。我和米奇去餐厅吃饱后，看看时间，离开船还有 4 个小时，于是我们又过关下船，在码头车站买了观光车的通票后，兴冲冲地登上双层巴士的露天上层，其间我向米奇表达了不能按时返回的担心。

在担心时间不够的困扰中，里斯本的市容流入我的眼中。从垃圾分类回收的塔型容器可以看出，葡萄牙人除了办事井井有条外，还具有很高的艺术修养。有机会的话，我倒是很喜欢与葡萄牙人交朋友的。

途经葡萄牙著名雕塑家圣·何赛的雕塑，坐在行走的观光车中，我没有选择地拍下夕阳下的逆光影像。

天已经暗了下来，看看马路上没有什么出租车，我们有点着急了。在一个海滨广场，我们实在不能有板有眼地端坐在观光车上了，下来找一辆出租吧，其间发现这里的有电车很迷你很干净。

我们终于按时登上了邮轮，直接跑上 12 层甲板，最后看看黄昏中的里斯本。望着暮色中的四月二十五日桥，我暗暗思量，船头对着桥，这巨大的邮轮能在桥下通过吗？晚霞中的里斯本，不知我是否还会再次来到这里。船每到一处，离开时我都会默默地向那个地方诀别。世界很大，地方很多，我确实只能做一个个美丽城市的匆匆过客。

夜色中的里斯本港一片繁忙，我情不自禁地想到久远前小时候常听到喇叭里一个男人的京剧道白和唱腔："真是个装不完卸不尽的上海港！""大吊车，真厉害，千斤的钢铁它轻轻地一抓就起来。"现在的码头一切都是自动化，码垛堆场，装卸，按预定的程序，保持最高的效率。那一个个集装箱，重量该都是以"吨"记的吧。

别了，里斯本！

四、玛蒂娜岛上的酒香

暮色苍茫中，欧洲大陆消失在遥远的地平线上。在夜幕笼罩大西洋的时候，原本在阳光下蔚蓝的大海变得像夜空一样的颜色，独立号就像在浩渺的宇宙中漂泊的一叶孤舟，只有天幕中亮晶晶的星星为伴。接下来要经过一天两夜的航行，才能到达与北非毗邻的玛蒂娜岛。

甲板上早已空无一人，游客们都回到灯火辉煌的船里开始享受五花八门的夜生活。海面上没有风浪，随着独立号向南行驶，气候在明显变暖。晚餐后我和米奇来到寂静的甲板上散步，享受着在地球上近乎绝迹

的安宁。

起风了，我们来到 13 层酒吧。这里白天人很多，宽旷的视野可以将海上的景色尽收眼底，夜里却很清静。我们各要了一杯鸡尾酒，慢慢喝着。我倾听着米奇讲述有趣的故事。我清楚地知道，不久的将来，将是米妮与米奇彼此倾听，我期待着……那时即使我与他们同行，我会披着柔软暖和的毛披肩，舒服地蜷缩在某一个不引人注意的角落的沙发中，茶几上摆放一杯冒着热气的绿茶，戴着老花镜津津有味地捧着一本有趣的书看着。

天蒙蒙亮，船泊在玛蒂娜岛港。葡萄牙属玛蒂娜岛距离北非大陆仅

350英里，这里以四季气候宜人而著称。几百年来，很多世界名流达官显贵都来这里享受温热的气候。著名的茜茜公主曾在这里平复殇子的伤痛。玛蒂娜葡萄酒至17世纪始已蜚声全球，美国林肯就是举起一杯玛蒂娜红酒庆祝美国走向独立。拿破仑也与玛蒂娜酒很有渊源。

米奇17岁进入牛津大学，牛津的酒文化将他熏陶成一个品尝美酒的行家。他常常与我谈起法国、意大利美酒的起源和其中的故事。假期中，他几乎朝圣过欧洲所有著名的酒庄。通过米奇在船上对我进行的酒文化洗脑，我越过了酒盲阶段，直接进入了酒文化的初级阶段。当踏上玛蒂娜的土地，条件反射般一股酒香迎面袭来。循着香气，我俩直接抵达玛蒂娜的“大酒缸”——著名的玛蒂娜Blangdy酒博物馆。

我们一探头就闻到了酒的香醇气息。我们买了参观券（每人5欧）。琳琅满目的大酒桶整整齐齐地码放在暗无天日的地窖中，通过酒桶上的编号可以确定酒的年代。

参观完毕，每人被赠送一杯5年藏红酒品尝，我不太懂酒，但感到那香醇已渗入心扉。以前我也在一些场合时不时地怀着入乡随俗的悲壮情杯喝过红酒，但没有感到过香醇。这次就像中了魔法，真有些欲罢不能了，于是我们掏出欧洲银子，买了一套不同年代的酒按顺序品尝了起来。

酒是喝了，人也晕了，还行，能把空杯码齐。此刻，我与米奇脸上都泛出酒后纯真的微笑。出了“酒缸”，本能地进了儿童乐园，这里很美，我们的快乐继续着。我伏下身对着起舞的天鹅问：喂，你是美女还是帅哥？还好，手中的相机把得很稳，图像一点没虚。

岛民对半个月一来的巨轮已经习以为常，生活仍在按部就班地继续着。听说这里的海鲜绝对好吃，我们岂能放过大好机会，于是在临海的小店坐稳，要了一份烤海鲜大杂烩，开胃菜是一盘很鲜的烤生蚝配蒜味烤面包。又要了一杯红酒，同是玛蒂娜红酒，此红酒非彼红酒，实在是与 Blangdy 家族正宗的玛蒂娜酒具有天壤之别。

米奇每到一处都会给他的挚爱好友们寄上明信片。为了找邮局，我们走街串巷发现了岛内深藏不露的“门艺术”，那五花八门的门上有历史，有人文，有政治。

意犹未尽地回到船上，换上泳装，直接去享受一下甲板上的畅游。

在专业泳池我的泳技一般，到了这里却是明星级。我如同鱼儿一样，那池太小，几下就到头，岸上的人们怀着敬意观摩我的表演。为此没人再跳到池中。发现了这样的状况，我像犯了错误的孩子，急忙爬进旁边不远的冲浪池。很快，一身疲劳感全部消失。

离开船还有一段时间，不像欧洲，这里的日落时间很晚，我们把浴巾铺在甲板的安乐椅上，享受美好的日光。

经过 6 天的海上生活，有两位老人的身体已经达到了承受的极限，怀着眷恋告别了大海，他们将飞回欧洲。不知他们是否会画上远航的句号，我在心底默默为老人送上由衷的祝福。

乌云遮住了太阳，我们穿戴整齐地来到甲板，准备迎接告别玛蒂娜时刻的到来。最后一抹阳光隐藏在那片乌云的后面，倔强的光透过乌云的边缘泻下一片红色的轻纱，装饰着黑灰色的海面。有谁能不为这美好而恬静的画面陶醉呢？玛蒂娜，美酒飘香的小岛，我会永远记得你。

五、贫瘠的 Grancanaria 岛

在茫茫大西洋上不紧不慢地游弋了 7 天后，我们终于到达了地球南面的加那利群岛之一 —— Grancanaria。这里天高云淡，气候宜人，海风袭来，空气湿润，只是由于缺水少土，路边由西非移来的棕榈树几乎枯黄。这里的原住民不知是不是海盗们的后裔，他们靠着游客维持着岛上的生机。游客们找不到茵茵绿草，没有树荫庇护，只能在临海的石头上小憩。米奇说，他的一个同学不久前在加纳利岛上度假半个月。奇怪，在这么诡异的不毛之地，这位同学居然能逗留如此之久。

岛上贫瘠归贫瘠，沙滩、海滨却是一流的。

既然来了，我们就不会消极地对待满目贫瘠。漫步在美妙的海滩，光脚踩在黄沙上的感觉是非常特别的，这里有地球上最地道的沙滩呢。此刻米奇才发现，匆忙出门时自己穿了一双漏水的大皮鞋。

在干旱的岛上，绿色植物的明星非仙人掌莫属。

海滩上，西班牙海鲜炒饭真是地道，说百吃不厌一点都不夸张。

沿着海滨大道走走，不时拍些照片，米奇说我拍的这幅街景构图很到位。嗯，我也是这样认为的。

码头上泊着许多古船，让我真的很难忘。不知不觉中傍晚来临。启航了，其实离下一个岛屿只有两海里航程，为了节省停港费用，独立号要在大西洋上漂泊一夜。

六、在 Tenerife 岛上探寻亚特兰蒂斯文明

哲人柏拉图曾判断，在他所经历的数千年前，在大西洋深处的某个海域曾经生存着高度文明的亚特兰蒂斯人种，后来由于地球遭遇灭顶之灾，亚特兰蒂斯城池消失得无影无踪。我们将要去的是 Tenerife 岛上的火山，那里是西班牙政府认定的 7 个国家公园之一。我们对将要光顾的巨大火山是否与亚特兰蒂斯的消失有着某种联系有着强烈的好奇心。一般来讲，各大洋岛国的岛民都具有航海家的血统，他们的先人大都在漂洋过海的过程中遇到海难时漂泊到荒芜的岛上，一代代繁衍下来，航海

家的后裔天生亲近大海。奇怪的是，Tenerife 原始岛民却怕水，对海上航行知识一无所知。从这一点来看，也许他们是亚特兰蒂斯幸存者的后裔。原本加纳利群岛海域是一片完整的大陆，在宜人的生存环境中亚特兰蒂斯人高速发展了人类的文明。后来，火山爆发把这块大陆沉入大西洋底，而原本的海底，随着喷发的火山升出海面，形成了现在的加纳利群岛。据说有人在大西洋加纳利群岛海域用声呐探测出洋底有莫名的城池遗迹，是否就是消失的亚特兰蒂斯城的遗迹有待考证。由于大西洋深处的洋底地质结构复杂，目前人类还没有能力探索那里的秘密。

对于人类历史没有科学解释的同时，宗教却有着另一种令教徒虔诚信服的说法。在圣经故事中，因人类的罪恶得罪了上帝，于是，暴怒的上帝在人类生存的星球爆发了毁灭人类的洪水，一连几年的令人恐怖的阴雨把地球变成一片汪洋。那时，一位叫诺亚的人将每一种动

物的一对儿放在船上，带到高地，在那里，人类及动物们开始了新一轮的繁衍过程。在那场洪水灾难中遭到灭顶之灾的也包括具有高度文明的亚特兰蒂斯人种。

不论新人类是由类人猿进化而来，还是上帝借助诺亚的小舟重新造就了新人类，与茫茫宇宙中数不清的人类无法破解的秘密相比，人类的起源又算得了什么呢？

天蒙蒙亮，独立号缓缓驶近港湾。昨夜，船基本是泊在 Tenerife 岛附近，今天这里的温度 21 度左右。因为卡亚达斯火山海拔 3000 多米，我们都带上了厚夹克，这是我们出海以来遇到的第一个阴天。圣诞将至，港口有些冷清，但以旅游业为生的岛民还是无可奈何地一大早穿起艳丽的民族服装，睡眼惺忪地在港口朝着能够给小岛带来滚滚财源的外乡观光客载歌载舞。这群无精打采的中老年岛民懒洋洋地弹着、唱着，间或舞着。真难为他们了，我不愿看着他们活受罪，急忙钻进停在岸边的大客车。

Tenerife 岛隶属于西班牙，在弗朗哥时期，忽略了这块由于没有水资源而贫瘠的小岛。自 1974 年后，西班牙政府帮助这个小岛利用火山遗址这一宝贵资源发展了旅游业。现在随着岛上的人们生活逐渐改善，一切变得安稳起来。

怀着对人类曾经拥有高度文明秘密的好奇心，我们登上了去卡亚达斯山的旅行车，在一个头上扎着马尾辫的男性导游的带领下，向卡亚达斯火山进发。在云雾缭绕中穿过密林，密林中我突然感到此地似曾相识。原来，这里的自然环境很像电影中描述的外星球。也难怪，很多好莱坞的有关星球大战题材的科幻片都是在这个岛上拍摄的。前不久上映的《猩猩暴动》中的很多场景就是取自于此。

此刻有腾云驾雾之感，因为云雾已经落在下边。车开上了险要的盘山路，车左面贴着峭壁右面挨着悬崖，仰头望，峭壁上嶙峋的怪石随时可能滚落，我感觉身处悬崖之上随时可能被滚落的巨石砸进黑漆漆的万丈深渊。山的下部是原始森林，密集的松树为了吸取头顶的一小片阳光而努力向上生长着，所以树木细而高，树下的林子几乎不见天日。

随着海拔高度的增长，树木越来越稀疏起来，由细长变得矮小且匍匐在干枯的石土上。虽然看来这些树木仍然活着，但已经没有了象征生命的绿色，它们的枝叶呈现病态的灰黄。随着车向上攀缘，即便是那匍匐的植物，也都不见了踪影，只能在黄褐色的地上看到一些枯黄色的植被。大部分山地上都布满了火山爆发时崩出的焦黑的岩石。我看了一下路标，此处海拔 1800 米。

站在这里，我想象着当年周围一片炽热的岩浆构成的红色激流，夹杂着尚未融化的巨石恐怖地涌动的情景。

在山中央的一家小小的登山者驿站，我们小憩片刻，再喝杯热腾腾的巧克力。在小店门口我们遇见一队自行车登山者，从语言上可以断定他们来自西班牙本土，特地飞来此地，在这个西班牙海拔最高的山峰挑战身体极限。他们由车中搬出自行车部件就地组装，仅一会儿工夫一切就绪，一队身穿艳丽登山装的年轻人骑着爱车向山的高峰进发。

离开小店时我遇见了一对老年夫妻，他们互相搀扶着，步履缓慢地走下门廊中高高的台阶，在他们身后，我被这幅在云之上灿烂阳光照射下老夫妻的逆光像深深感动了。那是一种岁月汁液沉淀出的生命之美。

我还看见有一对年轻的兄弟搀扶着他们双目失明的母亲，不远千里来到这座国家公园中感受自然的力量，他们的妈妈什么都看不见，但她沐浴着自然的清风、和着大山的气息，认真倾听着儿子们细心地给她描述着种种奇观。此刻，我幸福着那位失明母亲的幸福。我相信，那位母亲的心中永远一片光明。

岩浆冲刷后留下的遗迹确实震撼了在场的所有人。直径 16 公里的

大坑，也许是地球上能够见到的最大火山口了。这里，最后一次火山爆发是1903年。据说很久前这个板块曾在大西洋底，随着洋底火山的爆发，板块升出洋面，火山的灰烬在板块上堆起一座座高峰。在这人类毁灭的遗址中，我想象着火山喷发的时刻山崩地裂的情景，也许在那一刻，亚特兰蒂斯古城带着全部悠久的历史与文明沉入大西洋的深处。

下山途中，导游把我们带到一个卖纪念品的小店。米奇注意到，小店的名字与导游的名字相同，而此刻导游确实成了笑容可掬的收银员。为此，我们很不以为然地没有付给他额外的小费。当然，在这店里，我买了一个用火山灰加工的艺术品，我将会把它摆在我的陈列柜中，以纪念这次难忘的旅行。

回到轮船上已经快下午两点钟，我和米奇原本计划在码头租车去10英里外的金字塔看看，但时间不够了。吃罢迟到的午饭，换上泳装，完成例行的每日健身后，我抱着电脑去12层甲板，舒服地在躺椅上整理今天拍的照片。突然，头顶笛声大作，是邮轮启航了。接下来，邮轮将连续航行两天两夜后抵达此行的最后一站——地处西班牙北部的港口。天气将越变越冷，刚刚洋面上还是风平浪静，随着邮轮驶进公海，暴风骤起，我逃离甲板，趔趔趄趄地闯进灯火通明的轮船内。此刻，平安夜的狂欢节目拉开了序幕。

七、独立号上的生活

圣诞夜里有许多狂欢节目，主题风格是迈克尔·杰克逊的流行音乐。午夜，有随船的牧师做圣诞弥撒。晚餐对服装要求是正装，还好，我带

了在国内有些不大好意思穿的很开放的夏装和花长裙。在满是英国人的邮轮上，我的服装由于具有特殊的东方神韵而显得与众不同。船街上，我和儿子并肩经过彩光烘托下的玻璃桥时，感觉好像走在星光大道上。我很理解英国人喜欢夸张地化妆后，手拿酒杯款款穿插在彼此相互关注的晚会上的表演情结，那种快感是难以言表的。

也许是世界范围内经济危机的影响，与多年前我们乘坐的嘉年华勇士号的加勒比海之行相比，此次皇家独立号的服务有了明显的差异，船上的伙食是每天千篇一律的滋味，即便正式晚餐，从服务质量到餐饮质量都有些让人难以忍受。我和米奇常常在铺着洁白桌布的餐桌上与西装革履的餐饮伙伴寒暄着，以极大的耐心忍受着没完没了的等待。吃完头盘开胃菜，等来姗姗来迟的主菜。为了礼貌，还要继续等待最后一道甜品和咖啡，其间有一句没一句地和旁边的 3 个老太太及一家三口聊着不痛不痒的话题。我们常常吃完正餐后不知是没吃饱还是时间太长又饿了，会立刻跑到11楼的自助餐厅，就着冰凉的柠檬水再吃一盘寿司。

我们决定在意大利餐厅款待自己一顿高质量的付费节日晚宴。6点30分，我们进入亮着幽暗灯光的餐厅，服务员以接待贵宾的规格将我们迎进门。那里的音响播放着不知是哪位意大利男高音的咏叹调，服务生大都是翩翩男士。这里有全船顶级的厨师和服务生，他们的服务周到体贴，给人的感觉很舒服。围在我们身边给予周到服务的不仅是两个小伙子，还有其他人忙着摆桌摆盘，把烤好的虾或肉切成小段。

米奇点的开胃头盘是虾味米饭，我的头盘是番茄鱼汤。那盘橘黄色的鱼汤上面插着两条船帆造型的蒜味面包，看上去煞是好看，汤底是美味鲜鱼和贝。随着头盘上桌，两位服务生手持大号胡椒桶，按照我们的吩咐在汤中撒进胡椒粉。汤不仅好看，味道也是鲜美异常。头盘过后，米奇的主菜串烤龙虾和我的烤小牛肉被端了上来。三四名服务生在周围忙着，把摆在烤架上的龙虾小心摘下，剥去外皮，切成小段，排放在色彩鲜艳的配菜当中。整个过程就像一场行为艺术，身临其境，获得全身心的享受。我们在美好的交谈中就着优美的音乐，将美味的主菜送入胃中。

我最后的甜品是提拉米苏，那是很著名的一道甜品。当摆放在玻璃托盘上的提拉米苏端上餐桌，我为那奇特的造型震惊了，在一个由黑白两色巧克力塑造的精致杯中盛着淡黄色的提拉米苏，上面插着由巧克力塑造的缥缈的烟，背景还有由两色巧克力塑造的窗。一眼望去，这盘提拉米苏就像升腾着袅袅炊烟的小房子。我几乎不忍下手破坏这美好的小景致了，最终，我还是用小勺吃光甜甜蜜蜜的提拉米苏。

在我们用餐期间，陆续进来了其他客人。他们都身穿考究的节日盛装，给我印象最深的是一个高高大大的胖绅士，穿着洁白的晚礼服，硕大无比的肚皮上缠着粗粗的白布腰带，他的夫人高傲地扬着头，目空一切地走近餐桌。这对夫妻举手投足间都渗透着英国旧式贵族的遗风。我感觉很有趣，他们好像为我们演出了一场有趣的活报短剧，让我形象直观地了解了旧式英国的礼仪。其实，我更喜欢没有多长历史的美国礼仪文化，因为美国人随意幽默的天性更让人轻松。

饭后，漫步在沉浸于节日气氛中的热闹非凡的船街上，刚刚还是翩翩绅士淑女，这会儿，绅士腰上的带子不见了，考究的晚礼服随意地敞开着，居然有淑女手拎高跟鞋拖着长裙光脚穿过船街回舱换上休闲的服装。周末的夜晚，在牛津的大街上，经常可以看见手提高跟鞋光脚走路的淑女。英国人很实在，死要面子活受罪的事坚决不干。

夜，在圣歌中降临，我们戴上圣诞帽，在眺望台上倾听天籁之音。这是我第一次很投入地欣赏来自天堂的声音，透明、清澈、安宁，很美好。

回到舱里，看到每天两次为我们清理卫生的小伙子在床上摆上了节日贺卡，送上了节日的祝福。清晨，越过热闹的邮轮大街，从闲逛人们的衣着可以感受到浓重的节日气氛。最有趣的是那些坐在轮椅上的耄耋老人，他们像孩童一样穿着卡通的节日装，头上戴着各种有趣的饰品，有镶嵌着金色金属亮片的圣诞帽，有彩色的王冠，有梅花鹿角。他们一本正经地晃动着覆盖满头银发的脑袋，头顶的饰物也随之晃动着。我欣赏西方老人将欢乐进行到底的生活态度。在船上我几次看到一对老夫妻，年老的丈夫年轻时应该是位英俊潇洒风度翩翩的绅士，即使进入老年，看上去也会使人不由心生敬重之情，他的老妻子蜷缩在轮椅中几乎一动不动，看上去就像植物人。每次我都很注意观察他们的一举一动。每当船上身着正装的场合，老爷爷都会身穿深色挺拔的西装，洁白的衬衫领口一丝不苟地扎着或黑或白色的领结，轮椅中一动不动的老奶奶也被换上色彩鲜艳的晚礼服，为保暖，还被披上柔软的披肩。我几次为了这两位老人眼睛湿润，为他们这次告别人生的远航感动着。他们勾起我对未来的冥想，我的老年会不会也是这样。

我们发现，坐轮椅的老奶奶多于老爷爷。身为未来医生的米奇认为，这是由于老奶奶年轻时生孩子后没有注重产后保健造成的。看来，中国传统的产后坐月子的习俗还是有一定道理的。在我国，娱乐场所基本上是看不见古稀老人的身影的，更不要说坐轮椅的老人了。中国老人在进入等待上天堂的阶段，情况较好的是没有子女拖累，孤独地在与世隔绝的环境中走完风烛残年的岁月；较差的，在自顾不暇的晚景中还要发挥余热，将毕生积攒的资源从牙缝中挤出，奉献给儿孙们。

早饭后，在甲板上散步时感到气候在明显地由北非的温热季节转回欧洲的冬季，每天日出日落的时间都在变化中。昨天我们还身着休闲短衣短裤躺在甲板上晒太阳，今天穿上毛衣还有些瑟瑟发抖。无论如何我都没有勇气换上泳装跳入空无一人的泳池进行真正意义的冬泳锻炼

了。此刻，在半室外那热气腾腾的温水冲浪浴池中还泡着几个大胖子。我们去图书馆借了两本书带回舱里，躺在柔软的床上读起来。米奇在台灯下有节奏地敲击着电脑，在海上几日，他的论文居然初具规模。

米奇建议我们去小剧场通过学习拉丁舞锻炼一下身体，我欣然应允。舞场上，有一位身穿红衣黑裙的女教练和一位风度翩翩的男教练。周边大部分沙发上坐着看热闹的人们。舞池中有六七对学舞者。看着教练在富有节奏感的音乐配合下潇洒的舞姿，我情不自禁地滑入舞池，随着大家舞了起来，米奇勇敢地进入舞场甘当老妈的舞伴。很快，我掌握了基本舞步，自如地左右旋转，在众目睽睽下跳起了拉丁舞。这是我第一次与年轻的儿子共舞。

时间在兴趣盎然中划过。又一个清晨到来。电视播放着世界各地新

闻。切换到独立号的信息频道，此刻海面上的风速是 42 海里 / 小时，洋深一万六千多英尺。一般来讲，回程比去程给人的感觉风大了很多，因为向南行时是顺风，回程向北是逆风行。已经是早上 8 点钟，太阳还没完全升起，我们收看着独立号建造过程的纪录片。轮船上的客舱是在陆地上造好的一间间装修好的小房子，然后吊车像搭积木一样把船舱吊到船上装好，其间工作过程井然有序。船的重心在第四层。很多重型的船载设备都安放在那里。随着层数的增加，船体的重量由结构和选取不同的建造材料进行控制，11 层和 12 层没有客房，那里被建成娱乐场所。游泳池的材料好像是特种高强度的塑料，其他设施的框架一般是铝造的。十多万吨位的巨轮仅用两年时间内就完工下水。

历经 10 天的航行，船上的一切开始变得萧条，人们也开始烦躁不安起来。随着时间进入冬季，11 层甲板上已经没有什么人了。我与米

奇为了消消火，跑到甲板上每人挤了一大杯冰激凌。举着凉冰冰的冰激凌，快活又回到我们身上。这次米奇与我达成共识，外出旅行的极限应该是一周，乘邮轮实在不是最好的旅游方式。在集装箱一样的船舱里生活，时间长了跟蹲监狱差不了多少。米奇那边噼噼啪啪敲击键盘的声音重又响起，他回到了科学研究的境界中。

冬日的萧条回到了昔日歌舞升平热闹非凡的甲板上，但我们依旧常来这里散步。

这一天，我们经过的海域日落时间是晚 5 点 10 分，一天万里无云。日落时分，在萧条的甲板上我顺利地拍到了大西洋日落的影像。

这里，令我们陶醉的一切都会长久地保留在记忆中。

日内瓦湖畔

（瑞士）

这是个特别的日子，我和好友安相聚在风光旖旎的日内瓦湖畔。我们拥抱自然，任凭夏日阳光的色彩涂抹在我们有些白皙的皮肤上，留下健康的印记。每个来到世上的人都是孤独的行者，友谊可以把人生旅途装点得富有生气从而不再孤独。我视友谊为生命中的奢侈品，真正的朋友是友谊的载体，安就是我生命中载着友谊的天使。

天使带着阳光飞走了，开始下雨，间或传来隆隆的雷声。离登机还有一段时间，文字是我百无聊赖中最好的消遣。我把在日内瓦写下的点点滴滴稍加整理，再加进几张照片和随想感受，写成了如下手记，用做日后咀嚼幸福的佳肴。

在过去的岁月里，我一直以为人的一生必须背负许多使命。在被使命的十字架压得喘不过气时，看不见摸不到的圣洁高尚光环会源源不断地向疲惫不堪的中枢神经注入兴奋剂，使似乎并不属于自己的躯壳只要不倒，就一直向前，尽管踉踉跄跄，但绝不停顿与逆行，在一个无穷大的回路中，带着前进的错觉最终回到起点，这就是人生的轨迹。还好，在叛逆性格的助推下，我中途弹出，获得重生。

以前，我不知道人可以如此轻松地生活，每天都生活在童话一样的梦境里。不知从何时开始，我发现国际旅行变得像幼年时母亲带我们上

街一样容易。

清晨，迎着旭日出门，我很快就搭上飞往瑞士日内瓦的英国航空飞机。机上有 3 名乘务员，其中的两位是带有宽厚微笑的老先生，另一位是大妈级的女士。老先生们修剪有型的花白头发和胡须给人很舒服的感觉。航行中，乘务员送来饮品和零食，其中包括小瓶装的红白葡萄酒和啤酒，我要了一杯冒着热气的红茶和一袋老船长牌薯片，吃着喝着。看着窗外，天气晴朗，能见度很好，可以看到大地的绿色，田野和积木般的村落，时不时有绿色湖泊和青山闪过。两个小时后，远处戴着白帽的阿尔卑斯山脉和近处蜿蜒崎岖的蓝色湖泊出现了，这就是我此行的目的地——日内瓦。

我与好友安终于践行了欧洲见的约定，今天将相聚在日内瓦湖畔。在温馨美好、荡漾着田园绿色风情的雪绒花酒店，我见到了安。在安的身上能够感受到绿色生命交响曲的旋律，她是一位很投入的业余园艺师和手风琴演奏家，她的邻居经常陶醉于她非专业顶级水平的演奏，常常打电话过来点曲。她的职业是数学家，很多年前她就笼罩在德高望重的光环下。我们都是具有叛逆性格的同类，所以我们成为朋友，很铁的那种。安换上简约的花连衣裙，非常适合她的气质与肤色，美极了。

小巧温馨的雪绒花酒店位于日内瓦市中心，离日内瓦湖 200 米远，酒店中弥漫着大森林中树木的幽香。迷你的大堂就像自家的客厅，温暖方便舒适，到处都可以闻到花香。酒店吉祥物大毛狗俯视着下方就餐的人们，典型的瑞士风格酒店，浪漫洋溢在幽暗的温馨中。

沿着美丽的湖畔漫步，这里除了清新、恬静，还充满了文化与艺术。绿色的大地毯、绿色的大阳伞，下面点缀着一朵美丽的专注读书的“小紫花”。

毛毛狗也可以种在花盆里和花坛中，这种国内遍地都是的野草果实与各色野花相配地透出一种脱俗的美。安小心地取下一些毛毛狗的种子，打算回家在花盆中培育。远处飘来一股奇异的幽香。寻着香气，我们看到酒吧门外有人在吸着这种烟，这是酒吧的经营服务项目。吸烟的男男女女吞云吐雾，但愿他们与毒品没有干系。此刻我的头脑中出现了旧中国有钱人家的大烟枪。路过缝纫铺的窗，我吃惊地发现这里很旧的缝纫机还在工作，看上去还不如我老妈妈四十多年前使用的钻石牌脚踏缝纫机呢。我刚刚买了一台巴掌大的电动缝纫机，基本原理差不多，只是电驱动。安最留意的就是这里的园林，这座小木房中栖息着自然界的各类昆虫，我相信，这里绝没有弱肉强食的争斗。这就是瑞士风情。

我和安懒懒地躺在湖畔的草地上，享受着夕阳降临的时光，心是软软的，身是暖暖的。

日内瓦，这座世界闻名的大都市在沉睡中醒来。晨光透过紫红色的遮光帘射了进来，我习惯性地拿过电脑看了看世界各地的新闻趣事。

快过早餐时间了，我和安来到几乎空荡荡的餐厅，发现煮蛋系统很有创意，于是停下来在鸡肚子里拿了两个生鸡蛋放到热水槽里。我和安在幽静的餐厅慢悠悠地吃着喝着谈着，喂饱肚子后就急不可耐地走上了这座世界著名都市的街头。

漫步街头，建筑色彩比较吸引我的注意，安则只注意花花草草。在寂静的街角，我们发现了街头艺人的游动迷你舞台、色彩斑斓的乐器柜和周边悬挂的发声器件。那沉睡的肥猫大概就是艺术的守护神吧。舞台的主人是一位白发白须的老者，一般在本人没有特别邀请的情况下我是不给对方拍照的，我认为这是对人的尊重和起码的礼貌。对这只大猫就不用客气了，拍就是了，人家居然对我的殷勤不理不睬，看来它是玩儿累了。

湖岸边有世界上最高的喷泉，有风的时候喷起的水柱随风飘散开去，形成奇异的水帘，在阳光照射下产生巨大的彩虹。这是该城的一个标志。岸边泊着数不清的游艇。这是个有600万人口的高福利国家，在这个国家工作的外国人数远远超过国家人口，外国人在此可以获得高薪，但却享受不到国民的高福利。我很欣赏这个国家的治国理念。

出发前，我在网上做足了功课，来日内瓦必须看看英国花园旁的花钟。我认为它没什么特别的，很一般。看着世界各地游客一本正经地站在那里拍照留念，我感觉他们傻傻的。我欣赏这个国家的干净，来自苏黎世的安告诉我，这里的垃圾袋奇贵，原因是鼓励大家少扔垃圾。这里的一切都是那么迷你可爱，小溪边长满了各色花草，坐在溪边听着小溪微弱的潺潺流水声，闻着花香，此情此景任谁都会醉。

我和安在市区穿街走巷。瑞士人喜欢在街头吃饭，这一点与英国人很像。前面晃动着身穿吊带装的身影，我喜欢夏日里身穿吊带装，很随意，很舒适，很凉爽。我也有这类服装，可惜没有机会穿。记得那年暑

假前，学校招待我们去长山岛休整一下。晚会前，我快活地把带来的吊带长裙穿上准备赴会，却被安一把抓住，她让我把衣服穿齐了再出门，我悻悻地换下那吊带裙服，从此再没有动一下，一年四季除了横平竖直的职业装，就是体恤加牛仔。此刻我大呼：可惜了！在自己的韶华中没有让美好光滑的后背见见天日。

我们看到许多湖边晒太阳的人，有个小人儿坐在石板路上自己十分投入地玩儿。我眼看着她在路上爬着，那娇嫩的小腿肯定咯得很痛。她的家人并不理会，估计孩子们的自我保护意识就是这样培养起来的。

水上浮桥坐满了晒太阳的人们，他们努力把自己晒黑。亚洲人怕晒，可能是文化理念不同审美也不同吧。西方人认为，古铜色意味着健康，健康就是美；东方人认为，皮肤白意味着不用在阳光下劳作，出有车，食有鱼，白皙的肤色是富贵的标记，财富就是美。

夏日的阳光照射在清澈见底的日内瓦湖上，衍生出晶莹剔透的宝石蓝，点点白帆点缀着微风拂煦中的湖面，荡起绸缎般的微波。漫步在这梦幻般湖畔的我和安，几乎以为置身仙境。还等什么？我们回到住处换上泳装，回到湖边，融入了各种肤色的人群之中。安穿上很美丽的碎花图案的比基尼，我只有专业泳装，此刻很后悔没有尝试过豪放的比基尼，进入奶奶年龄段的我，因长期游泳锻炼保持着良好的体态，若有比基尼，我会毫不羞涩地穿上，然后以鱼的姿态跃入清凉剔透的湖水里。老鱼也是鱼。岸上的年轻人有几个能像我一样敏捷而果断地跃入水中？我很得意，虽然没有身着比基尼和骄人的古铜肤色，但水中的我却是一条名副其实的亚洲血统美人鱼呢。水中的那份清凉，是在依靠循环净化的游泳池中感受不到的，我好像一条融入湖泊的大鱼，在湖水的抚慰下舒展身姿畅游起来，那份惬意是前所未有的。

上岸后，为了收获美丽健康的古铜肤色，我学着其他晒客的样子平躺在洁白的浴巾上，在午后的阳光下暴晒起来，晒完这边翻过身晒那边，不时下到水里沾上水，就像烙饼时淋上橄榄油味道更佳。

这时有点饿了，该回去吃晚饭了。

我们登上去 Montreux 的火车，沿着日内瓦湖南行。路边是一片片绿莹莹的葡萄园，积木般的小屋构成的恬静田园风光让我们一次次发出赞叹：真美呀！最令人震撼的还是环绕着奇花异草的湖边美景，成群的白天鹅优哉地游弋在蓝天白云下的青山绿水中，形态各异的游艇泊在寂静的湖面上。鸟儿们与人为伴，经常来到小艇做客，我看见有只乌鸦在缆绳上荡着秋千，许多高难度动作人所不及呢。湖边人家的私人码头上，登艇的小甲板有相应的编号，庭院中还有迷你高尔夫练习场。瑞士人真

享受啊。

安如数家珍地向我介绍着路边各种花草的名字，我发现正如她所说，每束花上都没有残花。我也有点喜欢园林艺术了。安说，不刻意的美才是天然的美，天然的美是最真实最打动人的美。瑞士人能够最大限度地把一切化为美，包括垃圾。破汽车的残骸成了花儿的避风港，这看上去那么妥帖。这创意无穷的园林装饰很打动我，以我的视觉信息带给大脑的反映居然也是“美”。

朴实的花草照样震撼了我，心中默默地嘟囔着：美好的大自然，活一辈子哪够啊！我随意按动快门，好花好景统统收进相机。看看，多像一只握着一块蓝宝石的小蓝手。

残花每天都会被园艺师清理干净，没有生命的枯树，没有被从这里移走肯定有它的道理。我端详良久，自问，枯树的造型能说它不美吗?

那尊怀孕的母亲在跃跃欲试跳入蔚蓝的湖水中的雕塑，让我注视良久。

“望山走死马”这话真有道理，到了 CHILLON 城堡，我和安累得几乎不想移动一步了。来都来了，哪有不进去看看的道理。在城堡阴森森的地下监狱里，我又一次情不自禁地想到了基度山伯爵。

亚当夫妇的伊甸园

（加拿大）

细雨中，我们把城市的喧嚣远远地抛在身后，走进地处田园风光纵深地带的亚当夫妇的私人领地。当那一望无际、树木葱茏的园林出现在眼前时，我几乎怀疑是在梦中。

亚当博士不在家，亚当夫人——风风火火精明强干的夏娃医生跑出石砌的小屋迎接我们。在后面跟着的一条巨大的哈士奇狗的陪衬下，夏娃显得那样娇小玲珑。那是一片由亚当夫妇亲手整理修建的方圆 100 多亩的巨大园林。那片鱼塘放养了相当数量的鱼苗，他们夫妇从不忍心食用自己亲手养育的鱼儿，那里是幸福的鱼儿的天堂。亚当夫妇的家过去是由一位石匠为自己建造的，从里到外体现了十足的原生态。我想，生活在石屋中，冬日里亚当夫妇依偎在石块垒砌的壁炉旁，身边卧着大狗，那情景是何等返璞归真。

夏娃原本是一位很有经验的神经科医生，遵循爱情至上的原则，她坚定不移地跟随才华横溢的夫君离开故土，来到这遥远的国度，创造性地开辟新的家园并演绎着全新的精神家园。白天，亚当西装革履地驱车

去百公里外的公司履行高科技使命，下午回来，华丽转身洗去铅华，变成了真正的自己。夏娃每天在医院是忠于职守的白衣天使，回来换上牛仔装，戴上牛仔帽，劈树造林，骨子里的浪漫混杂着时尚与古朴，构成

属于他们自己的美。我深深被这活力四溅的美感动着。墙角有一台看上去很新的钢琴，我看着手痒痒。夏娃揭开琴盖，我惊奇地发现，这琴废了。夏娃告诉我是老鼠们惹的祸，为此，他们去流浪动物收养所抱养了一只猫。这猫神似我曾经抱养的流浪猫马丁，也许是都遭遇过遗弃，对苦难后从天而降的幸福备加珍视，它非常懂事，该出现时行为得体，从不惹麻烦，见到人们在说话，自己躲在沙发下听点下巴磕，时不时探出头来观察一下是否应该秀可爱。宅子中的文化与浪漫都体现在这些不经意中。

每次亚当目睹牛仔装束、满头大汗的夏娃靠在绿色拖拉机上举着饮料仰头畅饮，都会心潮澎湃得人仰马翻。

从自己的菜园中采摘果实是夏娃最喜欢的游戏，每次扤着盛满果实的筐从地里归来，她都会激动得像一个小女孩儿。憨态可掬的大狗Memo单纯到见了小偷都会友好地摇尾巴。自从大狗成了家庭成员，菜里的肉几乎全到了它的嘴里。只要盘里还有一块肉，它会坚持用很无辜可怜的眼神盯着你，吃完还会很娴熟地在你的裤子上左右荡着，擦净大

嘴巴上的油。

每当夜幕降临，亚当夫妇都会坐在厨房里那张原生态十足的木餐台上享用园子里自己培育的有机青菜，偶尔排骨炖菜，美味的排骨都进了Memo 的嘴里。饭后，在木制的酒桶里倒两杯自己酿造的红酒，畅饮中对视着，无声胜有声。天气晴好的日子，干完农活，亚当和夏娃会在后院的泳池中畅游，然后躺在屋檐下任凭微风吹拂。夏娃喜欢顺手采来园中的花插在花瓶中。外面下雨了，夫妇俩会在泳池边偷得浮生半日闲。雨后房前屋后的蔬菜瓜果更显得新鲜可爱。小船静静地泊在水塘中，水中的鱼上蹿下跳，不时泛起一片涟漪。

草坪实在太大，到处都可以找到能够休闲的绿荫。在林子背后，亚当夫妇把一大片绿地修成了私家高尔夫场。每当节假日，他们会请来至

爱亲朋在庄园中分享幸福的田园生活。

那一片林子本是由腿上长满荆棘的披头散发的野树构成，夏娃以她的娇嫩之躯披荆斩棘两年有余，活生生造就了亭亭玉立的绿色屏障。被修整后的林子，就像整齐列队的士兵，身在其中，能够感受到它们拥有的灵性。

走进那片美好得几近无与伦比的林子，踩在松枝铺就的地毯上，我情不自禁地想，这不就是亚当夫妇的伊甸园吗？

在英国脱欧公投的日子里

（英国）

2016年6月23日，和往常一样，细雨绵绵。对英国乃至欧洲来说，这是个划时代的日子，这是全民公投决定英国在欧盟去留的日子。我和西蒙一时兴起，决定乘火车去伦敦目睹盛况。在车站候车时，发现站台对面有一位真人版芭比娃娃，好标致呀。伦敦中心是白领精英的天下，街头举着主张留欧的宣传牌的人比比皆是。我们穿行在熙熙攘攘的街头，讨论着留欧是最后的结果，这一点没有悬念了。

饿了累了，去酒吧直直腿儿，在年轻人中间喝喝啤酒，再要一份炸鱼薯条。

留？退？公投忙乱！市政交通前所未有地乱成一团。绅士淑女登地铁难，不挤只能原地候着；挤上车，肉质人类挤成沙丁鱼罐头也没人嚎叫，一声不响地忍着。我们倒了3次车，急匆匆冲进火车站，可所有的火车都晚点，人们都在忙着公投。

乘晚点车总算差一站到家，又被司机乘务员打发下车改乘下一班车，原因是他们已到下班时间。看着司机乘务扬长而去，我倒是很快活地欣赏了本地人隐忍的风度。人们几乎午夜才乘下一班车到达目的地。看见满面春风迎面跑来的米奇，我的心情大好起来。原来不是地铁火车晚点，

是主张脱欧的铁路工会特意造成交通中断，让居住周边城市的伦敦白领们下班后无法在午夜零点前赶回居住地投票。

清晨，天还没亮，米奇就大声向我报告，脱欧公投以48∶52胜出。紧接着英镑大跌，动态调整开始。脱欧影响波及全球，目睹这一切乃人生幸事，福乎，祸乎？且不论，站在人类的大角度来看，英国是离世界大同的地球村渐行渐远了。祝傲慢的大英国民好自为之吧。私下感慨了一下，世界的轨迹呈非线性特性，无序可寻。

日子还要继续，英国人面对社会大变化的那种淡定，真是让我佩服极了。去公园转转，人们如往日一样恬静地享受着难得的日光。

尘埃落定没几天，下跌的英镑又弹了上来，帅小伙卡梅伦宣布即将卸下船长大任。人们休闲如故，公园举办艺术展。那画，那雕塑，在我眼中是那么幼稚，但纯朴。我也懒散在午后的艳阳下，渴了，来一客冰淇淋，不甜。

在英国的日子久了，生活的韵律也和本地人愈加匹配。米奇去外地医院短期工作，我们可不能让车闲着，便驱车去巴斯（Bath）转转。去那里注定是要去古罗马浴场体会一下2000多年前的人类历史的。在不列颠唯一的温泉池边，我们发现浴与神居然有某种联系。去浴场一定不要错过去Pump Room，在音乐的陪伴下要享用一下地道的英式下午茶。

吃饱了再去不远的 Abbey 教堂看看，去 Avon 河畔散散步。这是我第二次到访此地，没去那个大浴场，因为我对上次来泡坏了一件专业泳衣至今耿耿于怀。细雨绵绵，巴斯风情让我难忘。结论是，这是个去了还想去的地方。

接下来，历时 15 个小时、驱车 700 余公里，我们饱览了湖区美景，雨中还巡游了利物浦和曼城。深夜归巢仍不觉累。

一路所见众多脱欧人家的花坛，苍凉与原生态并存。狗跑狗的，鹅遛鹅的，人玩儿人的，啥脱欧不脱欧的，岁月静好就是王道。

在英国，深度游竟游进了医院，米奇不在身边，打急救电话，弱弱

地被抬进救护车，躺一躺病床，享受周到照顾。好在人皮实，病来得快去得也快，却意外体验了英式文明。

浴火重生后回巢。绝不对医院说 Bye。

此次亲身体验了一下脱欧对医院的影响，我遇到罗马尼亚藉护士，她们脱欧后将失去目前的工作，骨子里的不善良不加遮掩地体现在工作中，我居然被坏护士强迫吃错药，好在我命大。我想，欧盟居民离开后，英国本土的服务业会出现劳动力短缺的问题，高贵的英国人自己干也行，涨价吧，他们劳动力可贵呀。

大病初愈，现身人间。在无夏的国度，午后懒散于清风中，阳光下。坐在木椅上，眯眼任凭风景流过，似乎可以听到体内自修复的吱嘎声。